岩 波 文 庫

32-648-1

悪魔物語・運命の卵

ブルガーコフ作
水 野 忠 夫 訳

岩 波 書 店

Михаил А. Булгаков

Дьяволиада

Роковые яйца

1925

目　次

悪魔物語

分身が一人の事務員を破滅させた物語

1　二十日の出来事

ありとあらゆる人々がつぎからつぎと転職の機会を求めてあくせくしていたというのに、中央マッチ工場の書記として正規採用されたコロトコフ*だけは、まる十一カ月というもの、この職にへばりつくようにして勤務しつづけていた。

マッチ工場にすっかりなじんでいた、おとなしくて心の優しいブロンドの髪のコロトコフは、いわゆる人生の浮き沈みというやつが世のなかには存在する、などという考えを念頭から完全に捨て去り、そうではなくて、コロトコフよ、おまえは死ぬまでこの工場で勤めあげるのだ、と心に誓っていた。それなのに、ああ、悲しいかな、まったく思いもよらぬことが起こったのである……

一九二一年九月二十日、マッチ工場の経理係は、耳当てのついた不恰好な帽子をかぶり、罫入りの支払命令書を書類鞄《かばん》に入れて外出した。午前十一時だった。

びしょ濡れになって経理係が帰ってきたのは、午後四時三十分のことである。

戻ってくるなり、帽子の水をはたき落とし、事務机に帽子を、その帽子の上に書類鞄を置いて、彼は言った。

「押さないでください、みなさん」

それから、なにかを探すみたいに机の抽斗《ひきだし》のなかをひっかきまわして部屋から出て行き、十五分ほどして、首をひねり殺した大きな雌鶏《めんどり》をぶらさげて戻ってきた。死んだ雌鶏を書類鞄の上に、その雌鶏の上に右手を置いて、経理係は言った。

「給料は出ません」

「明日に延びたの？」女たちがいっせいに叫んだ。

「いや」経理係は首を左右に振りはじめた。「明日も出ません、明後日も。みなさん、そんなに押さないでください、机がひっくり返るじゃありませんか」

「どうして？」全員が叫びだしたが、そのなかには、無邪気なコロトコフもいた。

「みなさん！」と経理係はいまにも泣きだしそうな声をあげ、肘《ひじ》でコロトコフを突き退けた。「お願いしますよ！」

「だけど、いったいどうして？」みんなが叫びだしたが、だれよりも大きな声をあげたのは、剽軽《ひょうきん》なコロトコフにほかならなかった。

「ほら、どうぞ、ご覧ください」と経理係はかすれた声でつぶやくと、鞄のなかから支払命令書を取り出して、コロトコフに見せた。

経理係の垢だらけの爪が示した少し上には、赤インクで斜めに書かれていた。

《支給されたし。同志スボートニコフ*の代理――セナート*》

その下には、紫色のインクで書かれていた。

《資金はない。同志イワノフの代理――スミルノフ》

「どうしてだ?」と叫んだのはコロトコフだけで、ほかの人々は、息をはずませて経理係に襲いかかった。

「ああ、神さま!」経理係は狼狽して、呻きはじめた。「わたしのせいじゃないんです、おお、神よ!」

支払命令書をそそくさと鞄に突っこむと、経理係は帽子をかぶり、書類鞄を小脇に抱え、雌鶏を振りかざして、「さあ、どうか通してください!」と叫び、人々の壁に体当りして通路を作ると、ドアの向うに姿を消した。

そのあとを追って悲鳴をあげながら駈けだしたのは、ハイヒールを履いた、まっさおな顔をしたレジ係の女であったが、ドアのすぐそばで踵がぽきりと音を立てて折れた。

女はぐらりとよろめき、片足を上げて、靴を脱いだ。

部屋に残されたのは、片ほうの足になにも履いていないこの女と、ほかの者全員であったが、そのなかにはコロトコフもいたのである。

2 現物支給

こんな出来事のあった三日後、コロトコフの執務室のドアが少し開き、顔を泣きはらした女が意地悪そうに言った。

「コロトコフさん、給料を受けとりに行ってください」

「なんですって?」とコロトコフは嬉しそうに叫ぶと、オペラ『カルメン』*の序曲を口笛で吹きながら、《経理課》と標札のかかった部屋に駆けつけた。経理係の事務机のそばで立ちどまると、彼は大きく口を開けた。二本のふとい柱のように黄色い紙に包まれたものが天井に届かんばかりに高くそびえていたのだ。いかなる質問にも応じまいとするためか、興奮のあまり汗だくの経理係は支払命令書を壁紙に鋲で留めていたが、それには、三番目の署名が緑色のインクで書かれてあった。

《給料は工場製品の現物で支給すること。
同志ボゴヤヴレンスキイ*の代理——プレオブラジェンスキイ。*
本官もそれに同意する——クシェシンスキイ》

コロトコフは満面に愚かしげな笑いを浮かべながら経理課の部屋を出た。大きな黄色い包みを四つと小さな緑色の包み五つを両手に持ち、ポケットには十三個の青いマッチ箱を詰めこんでいた。自室に戻ると、コロトコフは事務所のほうから聞こえてくる低いざわめきを耳にしながら、この日の大きな新聞紙二枚でマッチをくるみ、だれにもなにも告げずに職場を離れ、家に帰ることにした。マッチ工場の玄関を出たところで、車寄せに乗りつけた自動車にもう少しで撥《は》ねられそうになったが、その車に乗っていたのがだれであったのか、コロトコフにははっきりと見分けられなかった。

自宅に着くと、コロトコフはマッチをテーブルの上に並べ、そこから少し離れて、うっとりとした目つきでマッチを眺めはじめた。愚かしげな微笑は顔から消えずにまだ残っていた。それから、彼はブロンドの髪をかきむしって、ひとりごとを言った。

「いつまでくよくよしてもはじまらない。せいぜい、マッチ売りに精を出すとしよう」

コロトコフは、県のワイン貯蔵所に勤めているアレクサンドラ・フョードロヴナという隣の女の部屋のドアをノックした。

「どうぞ」と、部屋のなかからうつろな声が答えた。

部屋に足を踏み入れるなり、コロトコフは立ちすくんだ。ふだんよりも早く勤務先から帰宅していたアレクサンドラ・フョードロヴナはコートも脱がず、帽子もかぶったまま床にうずくまっていたのだ。その前には、新聞紙で栓をした深紅色の液体の壜がずらりと並んでいた。アレクサンドラ・フョードロヴナの顔は涙に濡れていた。

「四十六本」と彼女はつぶやき、コロトコフのほうに顔を向けた。

「インクですか？……今日は、アレクサンドラ・フョードロヴナ」驚いたコロトコフが言った。

「教会用の赤ワインよ」と女は泣きじゃくりながら答えた。

「なんだって、それじゃ、あなたも？」とコロトコフは呻くように言った。

「それでは、あなたのほうも赤ワインを？」アレクサンドラ・フョードロヴナはあきれたような顔をした。

「こちらはマッチだった」と消え入るような声で答え、コロトコフはジャケットのボタンをくるくるとまわしはじめた。

「そんなマッチ、どうせ火がつかないんでしょう！」アレクサンドラ・フョードロヴナは立ちあがり、スカートの塵を払いながら、声をはりあげた。

「どういうことです、火がつかないなんて？」コロトコフはぎくりとして、自分の部屋に駆け戻った。部屋にとびこむなり、一刻もむだにはできぬとでもいわんばかりに、マッチ箱を手に取り、音を立ててマッチ棒を引き抜くと、それを擦ってみた。マッチはシュッと音を立て、緑がかった炎をあげてぱっと燃えあがったが、ぽきりと折れて、消えた。鼻をつく、きなくさい硫黄《いおう》の匂いのためにコロトコフは息がつまり、苦しそうに咳きこむと、二本目のマッチを擦った。ぱっと火がつき、その火はふたつに分かれてとび散った。ひとつは窓ガラスに当たり、もうひとつは、コロトコフの左目に命中した。

「あっ！」とコロトコフは叫び声をあげ、マッチ箱を取り落とした。

彼はしばらく、興奮していきりたった暴れ馬みたいに両足をばたつかせ、掌で左目を押えていた。それから、左目がなくなっているにちがいないと思いこんで、ひげ剃り用の小さな鏡をこわごわと覗きこんだ。しかし、左目はちゃんと元の場所にあった。左目が充血し、涙がにじみ出ていたのは確かであったが。

「ああ、なんということだ！」コロトコフは落ちつきを失い、あわてふためいて、戸棚の抽斗《ひきだし》からアメリカ製の包帯*を取り出し、それを左目に当て、左側の頭半分にぐるぐると巻きつけてみたところ、まるで戦争で負傷した兵士のような姿になった。

ひと晩じゅう、コロトコフは明かりを消さず、ベッドに横になってマッチを擦りつづけた。こうして、マッチを三箱、すっかり擦ってみたのだが、結局、火のついたマッチは六十三本だけだった。

「あの女め、嘘をつきやがった」とコロトコフはつぶやいた。「ちゃんとしたマッチじゃないか」

明け方近くには、部屋は息もつけないくらい硫黄の匂いが充満していた。コロトコフは夜明けとともにようやく眠りに落ちたが、緑の草原にいる自分の前に、生き物のような巨大なビリヤードの玉が短い両足で出現するというような、グロテスクな恐ろしい夢を見た。なんとも気味の悪い夢だったので、コロトコフは叫び声をあげて、目をさました。それから四、五秒ばかりは、霧にぼんやりかすむような幻覚、ビリヤードの玉がベッドのそばで動きまわるのが見え、硫黄の匂いがひどく強く立ちこめていた。しかし間もなく、そういったすべてのものは消え去り、しばらく寝返りを打っているうちに、コロトコフはいつしか寝入ってしまい、もうそれきり、目をさますことはなかった。

3　禿頭の出現

翌朝、包帯をちょっとずらしてみて、左目がもうほとんど治っているのをコロトコフは知った。それでも、必要以上に用心深い性格のコロトコフは、しばらくは包帯をはずさずにおこう、と心に決めた。

大幅に遅刻して出勤したコロトコフは、下級職員たちにあらぬ噂を立てられまいと知恵をしぼって自室に直行すると、事務机の上に一枚のメモを見いだしたが、それには、タイピストたちに制服を支給するかどうかを工場長に問い合わせるようにとの庶務課長の伝言が書かれてあった。右の目でメモを読むと、それを手に取って、廊下を工場長チェクーシンの部屋に向かった。

工場長室のドアのすぐそばで、いかにも人を驚かせるような風体をした見知らぬ男にコロトコフは出くわした。

見知らぬ男は、長身のコロトコフのせいぜい腰のあたりまでしかない小柄な男であった。ところが、その男の肩幅ときたら、背丈の低さを補うにあまりあるほどであった。

四角ばった胴体が蟹股《がにまた》の両足に支えられ、しかも左足は不自由そうに引きずられていた。けれども、なによりも人目を惹いていたのは頭である。その頭は、それこそ巨大な卵の見本さながらで、鋭く尖った先端が前に倒れるようにして首の上に水平にのっかってい た。また、卵のようにつるつるに禿《は》げあがり、強烈な光を放っていたので、頭頂部には暗闇のなかでも電球が消えることなく輝いているかのようであった。顔には、ひげの剃りあとが青々とし、芥子粒《けしつぶ》みたいにきわめて小さな緑色の目は、落ちくぼんだ眼窩《がんか》の奥に収っていた。男は、厚手のウールのグレーの詰襟軍服のボタンをかけずにいたので、アウクライナ風の刺繍入りのシャツが覗いて見え、同じ厚手のウールのズボンをはき、アレクサンドル一世時代の驃騎兵《ひょうきへい》の用いていた切込みのある短めのブーツを履いていた。

〈うさんくさい男だ〉とコロトコフは思い、禿頭の傍らを通り抜けようと工場長室のドアに突進した。ところが、まったく予期しなかったことだが、コロトコフの行く手はさえぎられたのである。

「何の用だね?」と禿頭がコロトコフにたずねたが、気の弱い事務員だったら身震いするほど不気味な声であった。その声は金盥《かなだらい》をたたいたときの音にそっくりで、異なっているのは、その声を聞いたら、一言ごとに、だれもが有刺鉄線にでも触れたような感じを背骨のあたりに覚えることだった。さらに、この男の言葉はマッチの匂いをただよわせているのではないか、とコロトコフには思われた。こういったいっさいのことにもかかわらず、目先のきかないコロトコフは、いかなる場合でも怒ったりはすまいと努力していたのに、そのときばかりは、腹にすえかねて言った。

「ふむ……まったくおかしな人だな……書類を持って行くところですがね……それはそうと、いったい、あなたは……」

「ドアに書いてある文字が読めないのですか?」

コロトコフはドアに目をやり、すでに以前からおなじみとなっている、《無用の者の入室を禁ずる》と書かれている文字を見た。

「わたしには用があるのです」コロトコフは愚かにも、手にしたメモを示した。

四角ばった胴体の禿頭が不意に怒りだした。その小さな目は黄色みをおびた火花を発して燃えあがった。

「いいですか、きみ」と相手は、鍋を打ち鳴らすような声でコロトコフの耳をつんざきながら言った。「こんな簡単な勤務規定さえ理解できないほど頭が悪いのか。そんなことで、よくもこれまで勤めてこられたものだ、まったくあきれてしまう。だいたい、ここでは、おかしなことが多すぎる、たとえば、目の下の青痣《あおあざ》が目立ちすぎるじゃないか。まあ、そんなことはどうでもいいが、いずれ、きちんと秩序を立て直すことにしよう。（「ああ」とコロトコフは心のなかで驚きの声を発した。）こちらによこしたまえ！」

最後の言葉を言い終えるが早いか、見知らぬ男はコロトコフの手からメモをもぎ取るや、さっと目を通すと、さきを嚙《かじ》った化学鉛筆*をズボンのポケットから取り出し、メモを壁に押しつけて、いくつかの単語を斜めに書きこんだ。

「行きたまえ！」と彼はひと声わめくと、たったひとつしか残っていないコロトコフの目を突き刺さんばかりの勢いで紙を突き出した。工場長室のドアが急に吠えだし、見知らぬ男を飲みこんでしまい、コロトコフは茫然としてとり残されたが、そこには工場長チェクーシンはいなかった。

三十秒ほど経って、チェクーシンの秘書リードチカ・ド・ルーニと危うく正面衝突しそうになって、コロトコフははっとわれに返った。

「あ、あっ！」とコロトコフは驚いて言った。リードチカの片目にも、同じように包帯が巻きつけられていたのだが、ちがうところといえば、包帯の端が色っぽく蝶結びにされていることだった。

「どうしたの？」

「マッチよ！」とリードチカは苛立たしげに答えた。「呪わしいマッチのせいよ！」

「あの男は何者だ？」打ちのめされたように、コロトコフは声を低くしてたずねた。

「あら、知らないの？」とリードチカが囁《ささや》いた。「新しい工場長よ」

「なんだって？」コロトコフは驚きの声をあげた。「それじゃ、チェクーシンは？」

「昨日、馘首《くび》になったわ」とリードチカは憎々しげに言い、工場長室のほうを指さしてつけ加えた。

「ふん、いけすかないったらありゃしない。まったくいやなやつよ。あんないやらしい男なんて、これまで一度も見たことがないわ。なにか言うと、すぐに大声を出して、『馘首だ！』とどなるのよ……いまいましい禿頭のズボン下野郎め！」と、不意に悪口を並べはじめたリードチカの顔を、コロトコフは目を大きく見開いてみつめた。

「いったい、どうして……」

コロトコフは最後まで質問できなかった。工場長室のドアの向う側で、「メッセンジャーを！」という恐ろしい声が響いたからだ。コロトコフとリードチカはすぐさま別々の方角にとび散った。自分の部屋にとんで帰ったコロトコフは、机に向かって、心のなかでつぶやいた。

「あい、やい、やい……おい、コロトコフよ、おまえはとんでもないへまをやらかしたぞ。名誉挽回といかなけりゃなるまい……〈頭が悪い〉か……ふむ……図々しいやつだ……まあ、いい！　いまに見ておれ、コロトコフという男がどんなに頭の悪いやつか、思い知らせてやる」

それからコロトコフは、禿頭の書いた文を片目で読んだ。用紙には、《タイピストならびに女子従業員全員に、兵士用のズボン下*をただちに支給せよ》という歪んだ文字が書かれてあった。

「こいつはいい！」コロトコフは嬉しくなって、思わず感嘆の声をあげ、そして兵士用のズボン下をはいたリードチカの姿を思い描いて、心ときめく喜びに身震いした。彼は時を移さずに白紙を取り出し、三分間でつぎのような文を作った。

《電話通達。

庶務課長殿。十九日付の貴殿の〇・一五〇一五(B)号にたいする回答として、タイピストならびに女子従業員全員に兵士用のズボン下を支給せよとの工場長の通告があった。　課長――(署名)　書記――ワルフォロメイ・コロトコフ》

電話で呼び出したメッセンジャーのパンテレイモンに、コロトコフは言った。

「庶務課長の署名をもらってきてくれ」

パンテレイモンはもぐもぐと口を動かし、用紙を受けとると、出て行った。

そのあと四時間というもの、コロトコフは一歩も部屋から出ず、新工場長が各部屋を見てまわろうという気を起こすかもしれない、そうしたら、仕事に没頭している自分の姿を見せてやろうと思って、聞き耳を立てていた。ところが、恐ろしい工場長室からは物音ひとつ聞こえてこなかった。ただ一度だけ、だれかを馘首にすると大声で脅している鋳鉄《ちゅうてつ》みたいな声がぼんやりと聞こえたが、しかし、だれを馘首にするかということは、鍵穴に耳を押しつけていたにもかかわらず、コロトコフは正確には聞きとれなかった。午後三時三十分、事務所の壁の向う側で、パンテレイモンの声が響いた。

「自動車で出発しました」

事務所はすぐさま騒がしくなり、人々はいっせいに逃げ出した。だれよりも遅れて、ひとりぼっちで家に向かったのはコロトコフであった。

4　第一節　コロトコフを解雇する

翌朝、嬉しいことに、目に包帯をしておく必要がもはやなくなったのを知ったコロトコフは、ほっとして包帯をはずすと、たちまち爽やかな顔つきに変わった。そそくさと紅茶を飲み終え、石油ストーブの火を消して、今日こそは遅刻しないようにと、急いで勤務先に向かったのだが、コロトコフが五十分も遅刻する破目になったのは、市電が六番系統を行くかわりに、七番系統に沿って遠まわりし、小さな建物の立ち並ぶ場末に行き、しかも、そこで故障してしまったためである。コロトコフが三キロの道を歩き通し、息せききって事務所に駈けこんだのは、かつてのレストラン《アルプスの薔薇》*の調理場の時計がちょうど十一時を打ったときだった。事務所で彼を待ち受けていたのは、午前十一時にしてはまったく異常な光景であった。リードチカ・ド・ルーニ、ミーロチカ・リトフツェワ、アンナ・エヴグラフォヴナ、経理課長ドロズド、その部下のギティス、*ノメラツキイ、イワノフ、ムーシカ、記録係にレジ係など、事務所の全員が、レストラン《アルプスの薔薇》の調理台であったそれぞれの事務机に向かっているのではなく、四つ切り大の一枚の紙が釘で留められていた壁の前にひとかたまりになって立っていたからである。コロトコフが入って行くと、突如として沈黙が訪れ、一人残らず、目を伏せた。

「今日は、みなさん、どうしたのです?」と、コロトコフは不思議そうな顔をしてたずねた。

一同はなにも言わずに道をあけ、コロトコフは四つ切りの紙の前に近づいた。最初の数行はなんの不安も抱かず、はっきりと目に入っていたが、終り近くになると、目に涙がにじみ、驚くほど濃い霧につつまれたみたいに、文字はぼうっとかすんでしまった。

《指令第一号

第一節　許しがたい職務怠慢のために、重要な公用書類にはなはだしい混乱を引き起こし、また同様に、おそらくは殴り合いの喧嘩でもしたのであろうか、顔に負傷した見苦しい姿で出勤したかどにより、コロトコフは二十五日までの交通費を支給されたうえ、今月二十六日付で解雇する》

これは第一節であると同時に最後の節でもあり、その節の下に、太い文字で署名があった。

《工場長　カリソネル》

《アルプスの薔薇》の埃だらけのクリスタル・ガラスのホールを、完全な沈黙が二十秒ばかり支配していた。このとき、だれよりも深く沈黙を守り、だれよりも死んだように押し黙っていたのは、血の気もすっかり失せて蒼ざめた顔をしたコロトコフだった。二十一秒目に沈黙は破られた。

「なんだって？　なんだって？」とコロトコフは、二度ばかりよく響く声をあげたが、それは《アルプスの薔薇》のシャンパン・グラスを靴の踵で踏み砕いたときの響きにそっくりだった。「あいつの名前がカリソ・ネルだって？」

恐ろしい言葉を聞くや、事務員たちはぱっととび散り、つぎの瞬間、電線にとまった烏のように、それぞれの事務机に向かった。コロトコフの顔は腐った黴《かび》のような緑色から斑《まだら》のある深紅色に変わった。

「あい、やい、やい」遠く離れた事務机の帳簿から目をあげて、スクヴォレツが唸るような声で言った。「なあ、あんた、いったい、どんな失敗をしでかしたのだ？　え？」

「わたしは思ったんだ、思ったんだ……」とコロトコフはかすれた声で答えた。「カリソネルをカリソヌイと読んでしまったのだ。あの男ときたら、名前を小文字で書きはじめていたのだ！」

「ズボン下なんか、わたしは、はきはしないわ、心配ご無用よ！」と、金属質の澄んだ声でリードチカが言った。

「しいっ！」スクヴォレツは蛇の這うときのような声を出した。「何を言うのだ？」彼は首をすくめ、帳簿を持ちあげて、顔を隠した。

「だが、顔のことなら、とやかく言う権利はないぞ！」深紅色から白貂《しろてん》みたいに白い顔になりながら、コロトコフは低い声で叫んだ。「目を火傷したのは、あのやくざなマッチのせいなのだから、リードチカだって、そうだ！」

「静かにしろ！」ギティスはまっさおになって、甲高い声を発した。「何を言っている？　昨日、工場長はマッチの検査をして、品質優良であることを確認したのだ」

突然、ドアの上に取りつけたベルが鳴り……それと同時に、パンテレイモンの重い身体が椅子から落ち、廊下を走りだした。

「いやだ！　わたしは釈明する。釈明するぞ！」と、コロトコフは甲高くてかぼそい声で歌うように言い、それから右往左往し、結局、埃にまみれた《アルプスの薔薇》の鏡に映る歪んだ自分の姿を見ながら、同じところで十歩ほど足踏みしてから廊下に出ると、《工場長室》という標札の上に吊るされたほの暗い電球の光を目ざして駈けだした。恐ろしいドアの前で息をはずませて立ちどまり、ふとわれに返ると、いつしか、パンテレイモンに抱きすくめられていた。

「パンテレイモン」コロトコフは不安げに口を切った。「どうか通してくれ。いますぐ、工場長に会わなければならないのだ……」

「だめです、だめですよ、だれも通してはならぬと命令されているのですから」とパンテレイモンはしわがれた声で言い、葱《ねぎ》のきつい匂いでコロトコフの決意を吹き消した。「いけませんよ。行ってください、向うに行ってください、コロトコフさん、そうでないと、あなたのおかげで、わたしがとんでもない災難に遭うのですから……」

「パンテレイモン、お願いだ」消え入るような声でコロトコフは頼んだ。「なあ、パンテレイモン、きみも知っていると思うけど、あんな指令が出ているのだよ……通してくれ、頼むから、パンテレイモン」

「ああ、神よ……」とパンテレイモンはつぶやき、恐怖にとらえられてドアのほうをふり返った。「いけません、と言っているじゃありませんか。お通しできないのですよ、あなた！」

工場長室のドアの内側で電話のベルが鳴りだし、威圧的な声が銅鑼《どら》をたたくように響いた。

「行きましょう！　いますぐに！」

パンテレイモンとコロトコフが道をあけると、ドアがさっと開き、帽子をかぶり、書類鞄《かばん》を小脇に抱えたカリソネルが出てき、急ぎ足で廊下を通って行った。そのあとをパンテレイモンは小走りに追い、いくぶんためらったあと、コロトコフもパンテレイモンのあとを追って、急いで駈けだした。廊下の曲り角で、興奮してまっさおな顔をしたコロトコフは、パンテレイモンの腕の下をくぐり抜け、カリソネルを追い越して、向き直った。

「同志カリソネル」と途切れがちな声でコロトコフはつぶやいた。「ちょっと話を聞いていただきたいのです……指令のことで、わたしは……」

「きみ！」全力で突進してきたカリソネルは、走りながらコロトコフを払い退けた。

「忙しいのがわからないのか？　行かなければ！　行かなければ！」

「じつは、あの指令のことで……」

「わからんのかね、わたしは忙しいのだよ……本当に！　書記にたずねてくれ」

カリソネルは玄関ロビーに駈け出たが、踊場のそばには、《アルプスの薔薇》の大きなオルガンが置いてあった。

「書記はわたしですが！」恐怖のあまり冷汗をびっしょりかいて、コロトコフは金切り声をあげた。「話を聞いてください、同志カリソネル！」

「きみ！」カリソネルはなにも聞こうともせず、サイレンのように吠え、パンテレイモンのほうを向いて、歩きながら叫んだ。「邪魔をさせないように、処置をとってくれ！」

「あなた！」うろたえたパンテレイモンは、しわがれた声を出した。「なんだって邪魔をするのです？」

そして、どのような処置をとればよいのかもわからぬまま、パンテレイモンはコロトコフの胴を横から抱きすくめ、愛する女にするように軽く自分のほうに抱き寄せた。この処置の効果があったのか、カリソネルはするりと滑り抜け、まるでローラー・スケートでも履いたみたいに階段を降りて、正面玄関からとび出した。

窓ガラスの向う側で、オートバイが五度ほどエンジンをかける音を響かせたあと、煙で窓をおおって姿を消した。そこでようやく、パンテレイモンはコロトコフを放し、顔の汗を拭って、唸った。

「困ったことになったぞ！」

「パンテレイモン……」とコロトコフは声を震わせてたずねた。「どこへ行ったのだ？　さっさと答えろ、いったい、だれのところへ行ったのだ……」

「たぶん、供給本部だと思いますが」

コロトコフは旋風のように階段を駈け降り、クロークに押し入ると、コートと鳥打帽を取って、通りに走り出た。

5　悪魔の策略

コロトコフは運がよかった。ちょうどそのとき、市電が《アルプスの薔薇》のそばを通りかかったのだ。うまく跳び乗ると、制動輪につまずいたり、乗客の背負った袋にぶつかったりしながらコロトコフは電車の前のほうに突進した。希望がコロトコフの心に燃えあがった。どういうわけか、いまも電車の前を、オートバイは鈍い響きを立てながら、のろのろと走っていたので、ちょっと見失ったと思うと、つぎの瞬間、もくもくと立ち昇る青い煙のなかに四角ばった背中をふたたび発見できた。五分ほどコロトコフは電車の昇降口のそばで揺られ、揉みくちゃにされていたが、ついに、オートバイが供給本部の灰色の建物の前で、とまった。四角ばった身体は通行人にまぎれて視界から消えてしまった。コロトコフは走行中の電車から跳び降り、くるりと踵《きびす》を返したとたん、倒れ、膝を強く打ったが、鳥打帽を拾い上げると、自動車の鼻先を駈け抜けて、玄関ロビーに急いだ。

ロビーの床の上に濡れた足跡をつけながら、何十人もの人々がコロトコフのほうに駈け寄ったり、追い抜いていったりした。四角ばった背中が踊場から二階に通ずる階段のところにちらりと見えたので、コロトコフは息をはずませ、そのあとを急ぎ足で追った。カリソネルは信じられないほどの速力で駈け昇っていくので、取り逃がしてしまうのではないかと、コロトコフの胸はぎゅっと締めつけられた。そして実際、そのとおりとなった。五つ目の踊場で、コロトコフの力がつきたとき、目ざす背中は人々の顔や帽子や鞄《かばん》などのただなかに消えてしまったのだ。コロトコフは稲妻のように急いで踊場に駈け上がり、二枚の標札の出ていたドアの前で一秒ほどためらっていた。標札の一枚は、緑色の板に硬音符*のついた金色の文字で、《教育実習女子生徒用共同寝室》と書かれ、もう一枚は、白い板に、硬音符なしの黒い文字で《供給本部長官室》と書かれてあった。コロトコフはあてずっぽうにドアに向かって突進し、そして大きなガラスの檻と、駆けずりまわっている大勢のブロンドの女たちを見た。コロトコフがいちばん手前のガラスの仕切りを開けると、向う側に、青いスーツを着た男の姿が目に入った。その男は事務机に寝そべり、愉快そうに笑いながら電話をかけていた。二番目の仕切りに入ると、事務机の上には、シェルレル＝ミハイロフ全集*が積んであったが、そのそばでは、スカーフをかぶった見知らぬ年輩の女が、いやな匂いのする魚の干物を秤にかけていた。三番目の仕切りのなかは、間断ない小刻みな音とベルの音が支配していた。そこでは、六人のブロンドの女が六台のタイプライターに向かい、小さな歯を見せて笑いながらタイプを打っていた。最後の仕切りには、ふとい円柱が何本もある広い空間が現われた。タイプライターのはぜるような騒々しい音が周囲に立ちこめ、男女のたくさんの頭が見えたが、カリソネルの頭はなかった。途方に暮れたコロトコフは、あくせくと駆けずりまわったあげく、最初に出会った、両手に小さな鏡を持って通りかかった女を押しとどめた。

「カリソネルを見かけませんでしたか？」

「見ましたわ、でも、たったいま、向うに行ってしまいましたわ。追いかけるとよろしいわ」

女が目を大きく見開いて答えたとき、コロトコフは喜びのあまり、息のとまる思いだった。

コロトコフは円柱のたくさんあるホールを通って、爪に赤いマニキュアの光る白い小さな手が指したほうに駈けて行った。ホールを駈け抜けると、薄暗くて狭い踊場に出たが、そこには、照明のついたエレベーターが扉を開けてとまっているのが見えた。はやる心が足に移り、コロトコフは追いついた……と思ったとたん、エレベーターの扉が四角ばったウール地の背中と黒光りのする書類鞄とを飲みこんだ。

「同志カリソネル」とコロトコフは叫んで、立ちすくんだ。無数の緑色の輪が踊場に跳びはねた。鎖の開き戸とガラス扉が閉まり、エレベーターが動きだし、そして四角ばった背中がくるりと向き直ると、たくましい胸に変わった。グレーの軍服も鳥打帽も、書類鞄も、干葡萄のような目も、なにからなにまで、コロトコフには見覚えのあるものばかりだった。それはカリソネルにちがいなかったのだが、そのカリソネルは、胸のあたりまで届きそうなアッシリア風の縮れた長い顎ひげを伸ばしている。コロトコフの脳裡には、〈あいつがオートバイに乗り、階段を駈け昇って行くあいだに顎ひげが伸びたとは、いったい、どういうことだろうか？〉という考えがすぐに浮かんだ。それから、

〈顎ひげは贋物だ、そうだとすれば、これはどういうことなのか?〉という第二の考えが閃いた。

だがそのあいだにも、カリソネルは鉄格子の深淵へと沈みはじめた。まず最初に足が、ついで腹が、顎ひげが、最後には目と口が消えていったが、その口はテノールでこんな言葉を叫んだ。

「遅かったな、あんた、金曜日に」

〈あの声も、とってつけたような感じだ〉という思いがコロトコフの脳裡をかすめた。三秒ほど、頭は苦しげに燃えていたが、それから、いかなる魔法も彼をとどめるわけにはゆかない、じっとしているのは破滅にひとしいのだ、と思い出して、コロトコフはエレベーターのほうに足を運んだ。鎖の開き戸越しに、ワイヤーに引っぱられて昇ってくるエレベーターの屋根が見えた。まばゆいばかりの宝石を髪につけた悩ましげな美女がエレベーターの箱から出てきて、やさしくコロトコフの手に触れて、たずねた。

「あなた、心臓の具合でもお悪いのですか?*」

「いいえ、いや、そんなことはありませんよ」コロトコフはびっくりして、鎖の戸のほうに歩み寄った。「邪魔をしないでください」

「お悪いようでしたら、イワン・フィノゲノヴィチのところに行かれるとよいですわ」エレベーターに向かおうとするコロトコフの行く手をさえぎりながら、美女は悲しげな表情で言った。

「行きたくない！」とコロトコフは泣きそうな声で叫んだ。「いいかね！　時間がないのだ。何をしようとするのです？」

しかし、女はひるまず、相変わらず悲しげな表情を浮かべたままだった。

「なにもできませんわ、それぐらいのこと、よくご存知でしょうけど」と女は言って、コロトコフの手を押えた。エレベーターがとまり、書類鞄を持った男を吐き出すと、鎖の戸を閉めて、ふたたび下に降りて行った。

「放してくれ！」とコロトコフは甲高い声をあげ、手を引き抜くと、悪態をつきながら階段を駈け降りた。大理石の階段をとぶようにして六つの踊場を通り過ぎ、頭に飾りをつけ、十字を切っていた背の高い老婆をもう少しで突きとばしそうになり、ふと気づくと、一階の真新しい大きなガラスの壁のそばにいたが、その壁の上のほうには、青地に銀文字で《女子生徒監宿直室》と書かれ、その下の紙には、ペンで《案内所》と書かれていた。コロトコフは暗い恐怖にとらえられた。壁の向う側にはカリソネルの姿がはっきりと見てとれたのだ。カリソネルの顔はひげを剃ったあとが青々としていて、以前のように恐ろしかった。カリソネルはコロトコフのすぐそばを通り過ぎていったが、二人をさえぎっているのは、薄いガラス一枚であった。なにも考えまいとつとめながら、コロトコフはぴかぴか光っている銅の把手にとびつき、それを揺すったが、びくともしなかった。

歯ぎしりをして、もう一度、輝いている銅の把手をぐいと引っぱったが、そのときになってはじめて、《六番通路におまわりください》と書かれた小さな文字を見て、コロトコフはがっかりした。

ガラスの向うに、カリソネルが現われたかと思うと、暗がりに姿を消した。

「六番通路はどこだ？　六番通路はどこにあるのだ？」とコロトコフはだれかれかまわず弱々しく叫んだ。通りかかった者はみな横にとび退いた。脇の小さなドアが開き、そこから、青い眼鏡をかけ、色艶《いろつや》のよい顔をした小柄な老人が大きな名簿を手にして出てきた。老人は眼鏡越しにじろりとコロトコフを見やり、にやりと笑って、唇をもぐもぐと動かした。

「何のご用で？　さっきから行ったり来たりなさっているが？」老人はむにゃむにゃ

と言いだした。「まったく、むだなことだよ。さあ、この年寄りの言うことをお聞き、ほうっておくことです。どっちみち、あんたのことはもう削除しておいたから、同じことだがね。ひっ、ひっ」

「なにから削除したのです？」コロトコフはあっけにとられた。

「ひっ。なにからだって、きまっているでしょう、名簿からで。鉛筆で棒を引く、それで終りというわけですからな、ひっ、ひっ」老人はうっとりとした表情で笑いだした。

「失礼だけど……どうして、わたしのことを知っているのです？」

「ひっ。あんたも冗談のお好きなかたで、ワシーリイ・パーヴロヴィチ」

「わたしはワルフォロメイ・ペトローヴィチですけど」とコロトコフは言って、冷たくて、つるつるした自分の額を片手で撫でた。

一瞬、気味の悪い老人の顔から微笑が消えた。

老人は名簿を食い入るようにみつめ、爪を長く伸ばした細い指で、行をたどった。

「なんだって、わしをまごつかせようとするのだね？　ほら、ごらん、コロブコフ、V・P」

「わたしはコロトコフですよ」我慢できなくなって、コロトコフは叫んだ。

「わしは言っているのだよ、コロブコフだって」老人は腹を立てた。「だが、ほら、カリソネルもいる。二人ともいっしょに更迭されて、カリソネルのあとにはチェクーシンが入ることになった」

「何ですって?」喜びのあまり、思わず、コロトコフは叫んだ。「カリソネルが馘首《くび》になったのですか?」

「そのとおりで。たった一日、重職についただけで、追放された」

「ああ!」、コロトコフは有頂天になって絶叫した。「わたしは救われた! 救われたのだ!」われを忘れて、骨ばって爪を長く伸ばした老人の手を握った。老人はにやりと笑った。その瞬間、コロトコフの喜びは消えてしまった。なにかしら奇妙で不吉なものが老人の青い目の奥に閃いたからだ。青みがかった歯茎《はぐき》を剝き出しにして笑う微笑も奇妙に思えた。それでも、コロトコフはすぐさま不快な感情を追い出し、そわそわしはじめた。

「すると、いますぐマッチ工場に駈けつけねばならんというわけですね?」

「ぜひとも、そうなさることだ」老人はうなずいた。「そのとおり、マッチ工場に行くこと。ただ、身分証明書を拝見させてもらいましょう、手帳にちょっと鉛筆で書きこむのでな」

　コロトコフはすぐさまポケットに手を突っこみ、まっさおになり、べつのポケットに手を突っこんで、さらに青くなった。ズボンのポケットのあたりをぽんぽんとたたき、押し殺した悲鳴をもらし、足もとを見ながら、降りてきた階段をもう一度駆け昇った。人々とぶつかったりしながら、コロトコフは必死になって最上階まで駆け上がり、宝石を髪につけた美女と会って、たずねてみたいと思った。だが、そこで見いだしたのは、美女が不恰好で鼻をたらした少年になり変わった姿だった。

「ねえ、きみ！」コロトコフは少年に駆け寄った。「身分証の入った黄色い財布……」

「そんなもの知らないよ」少年は意地悪そうに答えた。「ぼくは盗っていないよ、みんな、嘘を言ってるんだ」

「いや、ちがうんだ、きみ、なにも……きみが盗ったなんて言ってはいないよ」

　少年は上目遣いにじろじろと見ていたが、不意に低い声で泣きはじめた。

「ああ、なんということだ！」コロトコフは絶望的な声をはりあげ、階下の老人のところに駆け降りた。

　しかし、階下までたどりついたときには、老人はすでにいなかった。いずこともなく姿を消していたのだ。コロトコフは小さなドアにとびつき、把手を強く引っぱった。鍵が掛かっていた。薄暗がりのなかには硫黄《いおう》の匂いがかすかにただよっていた。

さまざまな考えがコロトコフの頭のなかを吹雪のように渦巻き、新しいひとつの考えが閃めいた。〈電車の中だ〉電車の昇降口で二人の若者が身体を押しつけてきたこと、そのうちの一人、やせたほうの男がまるで糊で貼ったみたいな黒い口ひげをつけていたことを不意にはっきりと思い出した。

「ああ、なんという災難だ、困ったことになったぞ」とコロトコフはぼやいた。「まったく、このうえない災難だ」

コロトコフは通りに走り出て、角まで駆けとおし、横町を曲がり、あまり大きくはない不快な外観の建物の玄関に出た。斜視で、陰鬱な目つきをした見ばえのしない男が、コロトコフから目をそらし、そっぽを向いてたずねた。

「どこへ行く?」

「わたしはコロトコフ、ワルフォロメイ・ペトローヴィチです、たったいま、身分証明書を盗まれまして……なにもかもすっかり……盗んだのは、たぶん……」

「そんなことだったら、まったく簡単だ……」玄関の階段のところで、男は請け合った。

「そういうわけですから、どうか……」

「コロトコフ本人に出頭させるのだな」

「いや、わたしがコロトコフなのです」

「証明書を見せてみたまえ」

「それが、たったいま盗まれてしまったので」コロトコフは呻いた。「盗まれたのですよ、あなた、口ひげの若い男が盗んだのです」

「口ひげの男だって？　それじゃ、コロブコフの仕業だ。あいつにちがいない。あいつはこの地域一帯を専門に荒らしまわっているのだ。そのあたりの喫茶店を探せば、見つかるだろう」

「あなた、それができないのですよ」コロトコフは泣き声になった。「マッチ工場のカリソネルのところに行かなければならないので。通してください」

「盗まれたという証明書を出したまえ」

「だれに証明してもらえばよいのです？」

「住宅管理委員会*」

コロトコフは玄関の階段から離れ、通りを駈けだした。

〈マッチ工場か、それとも住宅管理委員会に行くべきか？〉とコロトコフは考えた。〈住宅管理委員会の受付は午前中だ、するとつまり、工場へ、というわけだ〉

この瞬間、遠くの赤茶色の塔の時計が四時を打ち、それと同時に、あらゆるドアから書類鞄を持った人々が走り出てきた。黄昏が迫り、みぞれまじりの雪が空から落ちはじめた。

〈もう遅い〉とコロトコフは思った。〈家に帰るとしよう〉

6　最初の夜

白い書付が鍵穴に突っこまれていた。薄闇のなかで、コロトコフは読んだ。

《親愛なるお隣さん！

わたしはズヴェニーゴロドの母のところに帰ります。ワインをあなたへの贈物として置いてゆきます。健康を祝して飲んでください、ワインを買ってくれる人は一人もおりませんでした。隅に置いてゆきます。

アレクサンドラ・パイコワ》

コロトコフは歪んだ笑いを浮かべて、鍵をがちゃがちゃと鳴らし、二十回も往復して、廊下の隅に並べられていたワインの壜を残らず部屋に運びこみ、電灯をつけると、いつもと同じように、鳥打帽も取らず、コートも着たままベッドの上に転がった。魔法にでもかけられたみたいに、三十分ばかり、しだいに濃くなってゆく夕闇に融けてゆくかのようなクロムウェル＊の肖像を眺めていたが、それから跳びあがったかと思うと、突然、狂暴な発作に見舞われた。鳥打帽をもぎ取ると、それを部屋の隅に投げつけ、マッチ箱の包みをいくつか頭上に振りかざして床にたたきつけ、両足で踏みつけはじめた。

「こいつだ！　こいつだ！　こいつだ！」とコロトコフは吠え立て、いま、カリソネルの頭を踏みつけているのだ、とぼんやり空想しながら、いまいましいマッチ箱を大きな音を立てて踏みつづけていた。

卵形をした頭のことを思い出すと、突如として、ひげをきれいに剃った顔と顎ひげを伸ばした顔とが頭に浮かび、そこでコロトコフはマッチ箱を踏みつけるのをやめた。

「待てよ……いったい、どういうことだ？」とコロトコフはつぶやき、片手で目をこすった。「これはどういうことだ？　ひどいことになってしまったというのに、おれはなんだってぼんやり突っ立って、つまらぬことをしているのだ。あいつは、本当の話、分身なのではないだろうか？」

恐怖が黒い窓を越えて部屋に忍びこんできたので、コロトコフは窓を見まいとつとめながら、ブラインドをおろした。しかしそれでも、気持は落ちつかなかった。ふたつの顔が、顎ひげを伸ばした顔、あるいは突然ひげを剃った顔が、緑がかった目を光らせながら部屋の隅からときどき浮かび上がってくるのだった。しまいにはコロトコフも耐えられなくなり、緊張のあまり頭が割れそうになるのを感じて、声を殺して泣きはじめた。

心ゆくまで泣いて、気分も楽になると、昨日の食べ残しのつるつるしたじゃがいもを食べ、それからふたたび、いまいましい謎のことを考えはじめると、またしても涙がこみあげてくるのだった。

「ちょっと待てよ……」不意にコロトコフはつぶやいた。「ワインがあるというのに、なんだって泣くことがある？」

コロトコフはワインをコップに半分ほど一気に飲みほした。五分もすると、甘い液体のせいで、左の顳顬《こめかみ》がずきずきと痛みはじめ、咽喉《のど》が焼けつくようになり、たまらなく水が飲みたくなった。水を三杯もたてつづけに飲んだら、顳顬の痛みのためにカリソネルのこともすっかり忘れてしまい、呻きながらコートを剝ぎ取ると、苦しげに白眼を動かし、ベッドに倒れこんだ。「ピラミドン(鎮痛剤)でもあれば……」意識を朦朧とさせる眠りの訪れるまで、長いこと、コロトコフはつぶやいていた。

7　オルガンと猫

翌日の午前十時に、コロトコフは手早くお湯をわかし、あまり欲しくもなかったのにカップに四分の一ほど紅茶を飲み、今日は面倒で厄介な一日になりそうだと予感しながら部屋を出ると、霧の立ちこめるなか、濡れたアスファルトの中庭を足早に横切った。建物のはずれにあった別棟のドアには、《住宅管理委員会》と書かれてあった。コロトコフがすでに呼び鈴に手を伸ばしたとき、《死亡のため、証明書類は発行できません》と書かれてあるのが目に入った。

「ああ！　なんということだ」とコロトコフはいまいましげに叫んだ。「無駄足ばかり踏まされている」それから、つけ加えた。「まあ、それなら、証明書はあとまわしにして、これから工場に行くとするか。何がどうなっているのかを知ることだ。ひょっとすると、チェクーシンはもう戻っているかもしれない」

財布ごと有り金を残らず盗まれてしまったので、コロトコフは工場まで歩いて行き、玄関ロビーを通ると、まっすぐに自分の部屋に足を向けた。事務所に入ったところで、彼はふと足をとめ、ぽかんと口を開けた。クリスタル・ガラスのホールには、見覚えのある顔はひとつもなかったからだ。ドロズドもいなければ、アンナ・エヴグラフォヴナもおらず、要するにだれもいなかったのだ。事務机に向かっていたのは、電線にとまっている鳥の群れではなくて、皇帝アレクセイ・ミハイロヴィチの三羽の鷹*といわれた美しい若者を思い起こさせる三人、いずれも明るいグレーのチェックのスーツを着て、だれもが同じようにひげをきれいに剃ったブロンドの若い男たちと、ダイヤのイヤリングをつけ、夢を見ているような瞳をした若い女であった。若い男たちはコロトコフを完全に無視して、ペンを軋ませながら帳簿になにやら書きこむ仕事をつづけていたが、女のほうはコロトコフのほうにちらりと目を向けた。それに応えて、コロトコフがとまどったような微笑を返すと、女は高慢そうな笑いを浮かべて、顔をそむけた。〈奇妙だ〉とコロトコフは思い、敷居につまずいて、危うく倒れそうになりながら事務所を出た。自室のドアの前まで来て、二の足を踏んだが、これまでどおり、《書記室》と小さな文字で書かれている標札を見ると、ほっとため息をつき、ドアを開けて、なかに入った。コロトコフの目の前が急にまっ暗になり、足もとで床がかすかに揺れはじめた。コロトコフの机に向かい、肘《ひじ》を突き出すようにして猛烈な勢いでペンを走らせていたのは、ほかならぬカリソネルであった。光沢をおび、ウェーブのかかった顎ひげが胸をおおっていた。コロトコフは息を殺して、緑色のフェルト張りの*机の上のほうにある、ニスを塗ったように光っている禿頭《はげあたま》をじっとみつめた。最初に沈黙を破ったのはカリソネルのほうだった。

「何のご用です、あなた！」とカリソネルは鄭重に裏声でたずねた。

コロトコフは落ちつきなく唇を舐めまわし、息苦しくなった胸いっぱいに深呼吸をしてから、かすかに聞きとれるほどの声で言った。

「ふむ……いいですか、わたしがここの書記ですが……つまり……そう、もし指令を覚えておいででしたら……」

驚きのあまり、カリソネルの顔の上半分がはげしく変化した。明るい色の眉が吊り上がり、額もアコーディオンのようになった。

「失礼ですが」とカリソネルは丁寧な言葉づかいで答えた。「ここの書記はわたくしですけど」

コロトコフははげしい衝撃を受けて、しばらく口もきけなかった。言葉も出ない状態からようやく立ち直って、こう言った。

「いったい、どうして？　昨日までは、わたしだったのですが。ああ、そうかもしれません。どうぞ許してください。いや、わたしの思い違いかもしれません。失礼しました」

コロトコフはドアのところまであとずさりして部屋を出たが、廊下で、しわがれた声でひとりごとを言った。

「コロトコフよ、今日は何日だったか思い出せるか？」

そして自分で自分に答えた。

「火曜日、つまり金曜日だ。一九〇〇……何年だったか」

うしろをふり返ると、すぐさま、象牙でできた人間の頭のように丸い廊下の電灯がふたつ、ぱっとともり、ひげを剃ったカリソネルの顔があたりを覆いかくした。

「ちょうどよかった」どこからか盥《たらい》の落ちる音がしたので、コロトコフははっとして身をすくめた。「あなたを待っていたところだ。よかった。はじめまして」

こんな言葉とともにカリソネルが歩み寄り、手をきつく握りしめたので、コロトコフはあたかも屋根に舞いおりたコウノトリのように、思わず片足を上げたほどだった。

「人員整理をしたのだ」早口で、途切れがちではあるが重々しい声でカリソネルが話しだした。「あそこは三人」事務所のドアを指した。「もちろん、マーネチカもだ。あなたはわたしの補佐。カリソネルが書記というわけだ。旧職員は全員追放した。それから、あのばかなパンテレイモンも。あの男が《アルプスの薔薇》の給仕だったとかいう情報も入っている。これから、ほかの部局に出かけるが、とりあえず、カリソネルといっしょに全員の調査書、とりわけ、あの、何といったかな……コロトコフとかいう男の調査書を作成しておいてほしい。それはそうと、あなたはあの卑劣漢と少し似ていますね。ただ、あいつは片方の目の下を怪我していたけど」

「それがわたしですよ。でも、違います」コロトコフは身を揺すり、顎をだらりと垂らして言った。「わたしは卑劣漢なんかじゃありません。身元を証明するものをすっかり盗まれただけなのです。それこそ、なにもかも」

「なにもかもだって？」とカリソネルは叫んだ。「ばかばかしい。だが、そのほうがよかったかな」

　カリソネルはあえぐような息づかいをしているコロトコフの腕をひっつかむと、廊下を走りぬけ、思い出深い書記室に引きずりこみ、クッションのきいた革の椅子に投げ出し、自分は机に向かってすわった。コロトコフはまたしても、足もとの床が奇妙に揺れ動いているように感じて身を縮めると、目を閉じ、ぶつぶつとつぶやきはじめた。「二十日が月曜日だったから、二十一日は火曜日というわけだ。いや、ちがう。おれは何を考えているのだ。二一年だ。発信書類番号、〇・一五号、署名用の空欄、ワルフォロメイ・コロトコフ。これは、つまりおれだ。火曜、水曜、木曜、金曜、土曜、日曜、月曜。月曜日《ポネデーリニク》はP《ペー》ではじまり、金曜日《ペヤトニツア》もP《ペー》ではじまるが、日曜日《ヴォスクレセーニエ》は……V《ヴェー》・S《エス》・K《カー》・R《エル》・S《エス》・S《エス》・S《エス》……水曜日《スレダ》と同じく、S《エス》がある……」

　カリソネルは勢いよく用紙にペンを走らせて署名し、それにぽんとスタンプを押すと、コロトコフに突き出した。この瞬間、けたたましく電話が鳴りだした。受話器を取り上げるなり、カリソネルはわめきはじめた。

「ああ！　そう。そうだ。いますぐ行く」

　カリソネルは帽子掛けに突進し、帽子を取り、それで禿頭をかくすと、別れ際にこう言って、ドアの向うに姿を消した。

「カリソネルのところで待っていてくれ」

スタンプの押された用紙の文字を読んだとき、コロトコフは目の前がまっ暗になったほどだが、そこには、こう書かれていた。

《本状の所持者は確かに私の補佐、ワシーリイ・パーヴロヴィチ・コロブコフであることを証明する。カリソネル》

「おお！」とコロトコフは呻き、用紙と帽子を床の上に落とした。「いったい、どういうことなのだ？」

この瞬間、ドアがぎいっと軋み、カリソネルが顎ひげをつけて戻ってきた。

「カリソネルはもう出かけたのですか？」と男はかぼそい声で、愛想よくコロトコフにたずねた。

周囲の光はことごとく消えた。

「ああ、ああ」このような拷問に耐えられなくなってコロトコフは、泣き出し、われを忘れ、歯を剝《む》き出してカリソネルにとびかかった。カリソネルの顔にははげしい恐怖の色が浮かび、そのために顔色が黄色に変わったほどである。あとずさりすると、すさまじい音を立ててドアを開け、勢いあまって廊下に倒れこみ、踏みとどまれずに尻もちをついたが、すぐさま起き上がって、叫び声をあげながら駈けだした。

「メッセンジャー！　メッセンジャー！　助けてくれ！」

「待てっ！　とまってくれ！　お願いです、あなた……」われに返って叫ぶと、コロトコフはあとを追って走りだした。

事務所がなにやらざわざわしはじめ、鷹のような美しい若者たちも、まるで命令でも受けたみたいに、いっせいに跳びあがった。タイプライターに向かっていた女の夢を見ているような目が吊りあがった。

「撃たれる。撃たれるわ！」と、女のヒステリックな悲鳴が轟いた。

まず、カリソネルはオルガンの置いてあるロビーに通ずる踊場にとびだし、一瞬、どちらに駈けて行こうかとためらい、それからふたたび突進し、近道を通って、オルガンのかげに姿を消した。コロトコフはそのあとを追ったが、つるりと足を滑らせ、黄色い脇の壁から突き出ていた大きな曲がった黒い把手がなかったなら、きっと手すりに頭をぶつけたに相違ない。把手が使い古したウールのコートの裾を引っかけ、かすかな音を立てて破れたので、コロトコフは、冷たい床の上にそっと尻もちをついただけですんだ。オルガンの背後にあった脇の通路のドアが、カリソネルの通り抜けたあと、ぱたんと音を立てて閉まった。

「ああ……」とコロトコフは言いかけたまま、途中でやめてしまった。

垢だらけの金管のついたオルガンの大きな共鳴箱のなかから、コップの割れるような奇妙な音が聞こえ、つぎに耳ざわりな低い唸り、半音階の奇怪な泣き声、鐘をつく音がつづいた。それから、よく響く長調の和音、活気にみちた調子のよい音が流れ、黄色い三層の箱全体が演奏しはじめたが、とぎれがちな音響が混ざっていた。

モスクワの火事がざわめき、轟きわたっていた……

＊

長方形の黒いドアのところに、突如としてパンテレイモンの蒼白い顔が現われた。その瞬間、彼は変身した。勝ち誇ったような閃きをおびた小さな目を輝かせ、身を伸ばし、まるで目には見えぬナプキンを投げつけるような仕草をして、右手で左手を打つと、その場を離れ、三頭立ての馬車の脇を走る副馬《そえうま》のように横ざまに身体を斜めに構え、カップをのせた盆でも運ぶみたいに手で輪を作って、階段からころげ落ちるように、走りだした。

煙は川面に広がった。

〈何をやらかしたのだろう?〉とコロトコフは恐怖にかられた。

機械仕掛けのオルガンは、最初は淀んだような波の音、やがて、なめらかな、千頭のライオンの唸り声にも似た音を出しはじめ、がらんとしたマッチ工場のホールに響きわたった。

だが、クレムリンの城壁にある門は……

唸りと轟音と鐘の音を打ち消すかのような自動車のクラクションが鳴り響くと、すぐさま、カリソネルが正面玄関から引き返してきたが、そのときは、ひげをきれいに剃り上げ、執念深そうな恐ろしい表情を浮かべていた。不気味なまでに青白い顔をしたカリソネルは軽やかな足どりで階段を昇りはじめた。コロトコフの髪の毛は揺れて舞い上がり、傍らのドアをくぐり、オルガンのかげの曲がりくねった階段づたいに、砕石の敷かれた中庭に走り出、それから通りに出た。《アルプスの薔薇》の建物全体がうつろな響きを立てているのを背後に聞きながら、コロトコフは獲物を追いかける猟犬のように通りを駈けだした。

彼はグレーのフロックコートを着て、立っていた……

街角にいた馭者が鞭を振りあげ、やせ馬を動かそうと必死になってもがいていた。「ああ！　ああ！」コロトコフははげしく泣きわめきはじめた。「またしても、あいつだ！　これは、いったいどうなっているのだ？」

辻馬車のそばの舗道から顎ひげを伸ばしたカリソネルが不意に姿を現わし、馬車にとび乗ると、甲高い声でわめきながら馭者の背中を殴りはじめた。

「さあ、急げ！　急ぐんだ、この野郎！」

やせ馬は勢いよく動きだし、足で地面を蹴りはじめたが、熱い痛みをともなう強烈な鞭を何度も浴びせられると、がたごとと馬車の音を通りいっぱいに響かせて疾走しはじめた。馭者の派手な色彩の帽子が飛び、帽子の下から紙幣が舞い上がり、四方八方に飛び散るのを、とめどなくあふれる涙にかすむ目でコロトコフは見た。子供たちが口笛を吹きながら紙幣を追いはじめた。馭者はふり返ると、必死になって手綱を引いたが、カリソネルは気の狂ったように馭者の背中を殴りつけ、絶叫した。

「行け！　行け！　金ぐらい、おれが払ってやる」

駅者はやけになって叫んだ。

「えい、旦那、身の破滅じゃないですか？」駅者がやせ馬を全速力で走らせ、角を曲がると、その姿は跡形もなく消えてしまった。

頭の上をすばやく走り去って行く灰色の空を泣きながら見上げ、がくりとよろめいて、コロトコフは苦しげに叫んだ。

「たくさんだ。このままではすまさないぞ！　あいつの正体をあばいてやる！」コロトコフは市電に跳びあがり、パンタグラフにしがみついた。五分ほど、パンタグラフにつかまりながら身体を揺らせていたが、九階建ての緑色の建物のそばでふり落とされた。正面ロビーに駆けこんだコロトコフは、木の仕切りのある四角い隙間に頭を突っこんで、大きな青いやかん頭にたずねた。

「市民相談室はどちらでしょうか？」

「八階、九番廊下、四一区画の三〇二号室です」やかん頭は女のような声で答えた。

「八階、九番廊下、四一、三〇〇……三〇〇……いくつだったか……三〇二号室だ」

広い階段を駆け昇りながら、コロトコフはつぶやいた。「八階、九番廊下、八階、ストップ、四一、いや、四二だ……いや、違う、三〇二だ」とコロトコフはもぐもぐと言った。「ああ、忘れてしまった……そうだ、四〇だ、四〇……」

八階に昇って、三つのドアを通り過ぎ、四番目のドアに《四〇》という黒い数字を見ると、円柱が立ち並び、両側にたくさんの窓のあるホールに入った。四隅には巻紙の束が積んであり、床一面に、書きこみのある紙が散らばっていた。仕切られた片隅に、タイプライターを置いた小さな机が見え、ブロンドの女が低い声で歌を口ずさみながら、頬杖をついてすわっていた。コロトコフはどぎまぎしながらあたりを見まわすと、円柱の向う側の舞台から、ポーランド風の白い上っぱりを着た、どっしりとした体格の男が大儀そうに足を運びながら降りてくるのが目に入った。大理石のような顔には、白いものの混じった、垂れさがった口ひげが見えた。男は異常なまでに慇懃《いんぎん》で、石膏のように生気のない微笑を浮かべ、コロトコフのところに歩み寄ると、そっと手を差し伸べ、靴の踵を鳴らして、言った。

「ヤン・ソベスキです」*

「まさか……」コロトコフは驚いて答えた。

男は愛想よく微笑を浮かべた。

「本当に、みなさん、この名前にはびっくりなさるのですが」と彼は不正確なアクセントをつけて話しだした。「ですけど、わたしがその一味となにか関係があるなどとは、どうか考えないでください。おお、そんなことはまったくありません。悲しむべき名前の一致、それだけのことです。わたしはもう、ソツヴォスキイ*という新しい姓の認可申請書を提出しました。この姓のほうがはるかに美しいし、さほど危険性もありません。もっとも、お気に召さなければ」と男は侮辱されたみたいに口をひん曲げた。「無理強いはいたしません。いつだって、人は見つかります。需要があるということです」

「何をおっしゃいます」とコロトコフは苦しげに叫んだが、これまでと同じく、ここでもまた、なにか奇妙なことがはじまるような予感がした。きれいにひげを剃った顔とつるつるの禿頭がどこからか不意に現われるのではないかと恐れながら、追いつめられたような目であたりを見まわして、それから、しどろもどろにつけ加えた。「お目にかかれて、とても嬉しいです、ええ、とても……」

大理石のような男は顔をかすかに紅潮させ、コロトコフと軽く握手をし、小さな机のところに導きながら言った。

「わたしも、たいへん嬉しいです。しかし困ったことに、考えてもください、おすわりいただける椅子もないのです。わたしどもはみな重要な役目をおびているというのに、ほうりだされたままなのですから(男は巻紙の山に向かって手を振った)。陰謀ですよ……しかし、うまくやります、心配ご無用です……ふむ……いったい、どんな新作でわたしどもを喜ばせてくださるのです?」蒼白い顔をしたコロトコフに男はやさしくたずねた。「ああ、失礼しました、どうかお許しください、ご紹介させていただきましょう」彼はしなやかな手つきでタイプライターのほうに白い手を振った。「ヘンリエッタ・ポターポヴナ・ペルシムファンス*です」

すぐさま、女は冷たい手でコロトコフの手を握り、もの憂げな目で見返した。

「つまりですね」男は媚《こ》びるような調子でつづけた。「どんな文章で、わたしどもを喜ばせてくださるのです? コラムですか? ルポルタージュですか?」白眼をむき出すようにして、男はゆっくりと言った。「そういったものがどれほど必要か、あなたには想像もつかないくらいでしょう」

〈聖母マリヤ……これはいったい、どういうことです?〉とコロトコフはぼんやりと思い、それから、せわしなく息を継ぎながら話しだした。

「わたしには……え……恐ろしいことが起こったのです。あの男は……わたしには理解できません。お願いですから、これが幻覚だなどとは思わないでください……ふむ……はっ、はっ……(コロトコフは無理に笑おうとしたが、うまくゆかなかった)あの男は生きているのです。誓って言いますが……顎ひげを伸ばしていたかと思うと、一分後には顎ひげがなくなっているなんて、まったく理解できません。本当に、わからないのです……声までも変わっているのです……それればかりか、わたしは証明書をすっかり盗まれて、運悪く、住宅管理委員まで死んでしまった。あのカリソネルは……」

「わたしもよく知っています」と男は叫んだ。「あいつらのことだろう?」

「まあ、なんということでしょう、ええ、もちろん、そうですよ」と女が答えた。「ああ、あの恐ろしい二人のカリソネル」

「いいですか」男が興奮して話をさえぎった。「あの男のせいで、わたしは床にじかにすわらされているのです。まあ、よく見てくださいよ。それはそうと、あの男はジャーナリズムをどれだけ理解しているのでしょうか?……」男はコロトコフのボタンをつかんだ。「どうか話してください、何を理解しているのです? あの男は二日間、ここにいました、すっかり閉口させられましたよ。しかし、さいわいなことでした。フョードル・ワシーリエヴィチに報告すると、あの男は追放されました。わたしは問題を尖鋭なかたちで突きつけたのです、わたしと彼のどちらを選ぶのかと。どこかのマッチ工場に移されたはずですが、あるいは、ほかの職場にまわされたのかもしれません。まあ、あんな男なんか、マッチの匂いを全身にしみこませておけばいいのです！　ところが、あの男ときたら、ここの家具を、それこそ、机や椅子まであの呪わしい事務所に、運びこんでしまったのです。なにからなにまでね。こんなことってありますか？　いいですか、わたしはどこで書けばいいのです？　あなたもどこで書けるというのです？　だって、あなたはわたしどもの味方だと信じているのですから、そうでしょう、あなた（男はコロトコフを抱く）。ルイ十四世風の美しい繻子ばりの家具*を、あのぺてん師ときたら、それこそ無責任きわまりないやりかたで、あのばかばかしい事務所に押しこんでしまったのですよ、もっとも、その事務所にしたって、明日にも閉鎖されるのですから、どうせ同じことですがね」

「なんの事務所です？」とコロトコフはうつろな声でたずねた。

「ああ、例の市民相談室というやつですよ」いまいましそうに男は言った。

「何？」とコロトコフは叫んだ。「何ですって？　それはどこにあるのです？」

「ここですよ」と男はびっくりして答え、そして手で床を指した。

コロトコフはこれを最後にと、もう一度、狂気じみた目でポーランド風の白い上っぱりを見やると、一分後には廊下に出ていた。ちょっと考えてから、下に降りる階段を探しながら左に駈けだした。気まぐれに曲がりくねった廊下を五分ほど走ったが、五分後には、さきほど駈けだした場所に戻っていた。ドアには《四〇》という数字があった。

「えい、畜生!」とコロトコフは叫び、しばらく足踏みしてから右のほうに駈けだしたが、五分後には、ふたたび四〇番のドアの前に戻っていた。ドアを勢いよく開けて、ホールに駈けこんだコロトコフは、そこががらんとして人気《ひとけ》のないことを悟った。タイプライターが言葉もなく白い歯を見せて笑っていただけである。コロトコフが円柱の列に駈け寄ると、そこに例の男がいた。いまや微笑も浮かべず、腹立たしげな顔をして男は台座の上に立っていた。

「失礼しました、お別れの挨拶もせずに……」とコロトコフは言いかけて、それきり口をつぐんだ。男は耳もなければ鼻もなく、左腕は折れていた。あとずさりし、全身に寒気を覚えながら、コロトコフはふたたび廊下に走り出た。向い側の目立たぬ秘密のドアが不意に開き、皺だらけで、褐色に日焼けした老婆が、からっぽの桶を天秤棒で担いで出てきた。

「お婆さん！　お婆さん！」とコロトコフは不安にかられて叫んだ。「事務所はどこです？」

「知りませんね、あなた、知りませんよ、本当に」と老婆は答えた。「そんなに駆けずりまわっても、どうせ見つかりはしないんだから。ひょっとすると十階かもしれないけどね」

「うう……ばかめ」コロトコフは歯を食いしばって唸り、ドアに突進した。ドアが背後でばたんと音を立てて閉まり、薄暗くて、出口のない場所にコロトコフは押しこめられた。炭坑に生き埋めにされたように、壁に身をぶつけたり、引っかいたりしていたが、ついに、白いしみのついたところに体当りすると、そこは階段に通じていた。小刻みな足音を響かせながら駆け降りた。そのとき、近づいてくる足音が下のほうから聞こえてきた。やるせない不安に胸を締めつけられて、コロトコフは足をゆるめた。つぎの瞬間、ひさしのついた派手な帽子が現われ、厚手のウール地のグレーのジャケットと長い顎ひげが閃いた。コロトコフは転びそうになって、両手で階段の手すりにしがみついた。それと同時に、二人の視線が交差し、二人とも、恐怖と苦悩にみちた甲高い声をあげて唸りはじめた。コロトコフはあとずさりして、階段を昇り、カリソネルのほうは耐えがたい恐怖にとらえられて、おずおずと階段を降りはじめた。

「待ってくれ！」とコロトコフが声をからして叫んだ。「ちょっと待ってくれ……せめて説明ぐらいしてくれ……」

「助けてくれ！」甲高い声を本来の銅鑼《どら》をたたくような声に変えながら、カリソネルはどなった。足を踏みはずして、轟音とともに後頭部を下にして転落した。しかし、それも意味のないことではなかった。青白く光る目をもった黒猫に変身し、いま来た道を飛ぶように引き返し、まっしぐらに、ビロードのように柔らかな身をひるがえして踊場を突っきり、全身を丸く縮めて窓台に跳び上がると、ガラスも割れ、蜘蛛の巣が張りめぐらされた窓の外へと消えた。一瞬、コロトコフの脳裡は白いヴェールのようなものにおおわれたが、それもすぐに消え失せて、明晰な状態が訪れた。

「いまこそ、すっかりわかったぞ」とコロトコフはつぶやき、静かに笑いだした。「ああ、わかったとも。こういうことなのだ。猫どもだ！　なにもかもわかったぞ。猫どもの仕業だ」

コロトコフはしだいに声を大きくし、階段が笑い声で満ちあふれるまで、笑いつづけていた。

8　第二の夜

夕闇の迫りはじめたころ、コロトコフはフランネルのベッドに腰をおろし、すべてを忘れ去り、心をしずめようと、ワインを三本も飲みほした。そしていま、頭全体が、右の顳顬《こめかみ》も左の顳顬も、後頭部のあたりも、それに瞼《まぶた》までもずきずき痛みはじめていた。胃の底のあたりから軽い澱《おり》のようなものがこみ上げてきては、体内を波のように動きまわり、コロトコフは二度も洗面器に吐いたほどであった。

「よし、これからはこんなふうにする」コロトコフは頭を低く垂れて、力なくつぶやいた。「明日はあいつと出会わないようにする。ところが、あいつときたら、どこにでも出没するのだから、こちらは待ち伏せることにしよう。横町であれ、袋小路であれ、待ち伏せするのだ。あいつは気づかずに通り過ぎてゆくことだろう。だが、もしもあいつが追いかけてきたら、おれは逃げ出す。追いつけるはずはない。わが道を行け、というわけだ。それに、もうこれ以上、マッチ工場にも行きたくない。おまえさんともおさらばだ。おまえは工場長として、あるいは書記として勤めるがよい、電車賃なんか欲しくはない。そんなもの貰わなくたって、なんとかやってゆける。ただ、頼むから、おれをそっとしておいてくれ。おまえが猫か、猫でないか、顎ひげを伸ばしているか、そうでないか、どちらでもよい、おまえは自分で勝手にするがよい、おれもおれの好きなようにしてゆく。ほかの職を見つけて、おとなしく、平穏に勤めるつもりだ。だれの邪魔もしないかわり、だれもおれの邪魔をしないでくれ。おまえのことを訴えたりもしない。明日は、身分証明書を受けとりに行く、それでおしまいにする……」

遠くのほうから時計の打つ音がかすかに聞こえてきた。ボーン……ボーン……〈あれはペストルヒン家の時計だな〉とコロトコフは思い、かぞえはじめた。十……十一……真夜中の十二時、十三、十四、十五……四十……

「時計が四十回も打ったぞ」コロトコフは苦笑したあと、ふたたび泣きはじめた。それから、またしても赤ワインのせいで吐き気を催し、身を痙攣《けいれん》させながら苦しげに吐いた。

「きつい酒だ、おお、なんと強いやつだろう」とコロトコフは言い、呻きながら枕に頭から倒れこんだ。二時間ほど過ぎたあとでも、消し忘れた電灯は、枕の上の蒼白い顔と乱れた髪の毛とを照らしつづけていた。

9　タイプライターの恐怖

コロトコフを待ち受けていた秋の日は、どことなくとらえどころのない奇妙な一日であった。こわごわとあたりを見まわしながら階段を昇り、八階まで行くと、深く考えもせずに右に曲がったが、嬉しさのあまり身震いした。《三〇二号――三四九号》という手の形の描かれた標札が目に入ったからである。救いの手の指に従って歩いてゆくと、《三〇二号――市民相談室》と書かれたドアにたどり着いた。会うべきではない者とばったり出会ったりしないようにと、注意深く覗きこんでから、室内に入ると、目の前には、タイプライターに向かった七人の女性がいた。しばらくためらったあと、いちばん端にすわっていた浅黒くて艶《つや》のない顔の女に歩み寄り、軽く頭をさげて挨拶をし、コロトコフはなにか言おうとしたが、そのブルネットの女がさえぎった。女たちの視線がいっせいにコロトコフに注がれた。

「廊下に出ましょう」艶のない顔の女がきっぱりと言い、いそいそと髪型を直した。

〈ああ、またしても、またしても、なにか……〉コロトコフの頭に、暗い想念が閃いた。

苦しそうにため息をついて、女のあとに従った。残りの六人の女は興奮して、ひそひそと話しはじめた。

ブルネットの女は、コロトコフを人気《ひとけ》のない薄闇の廊下に連れ出して、言った。

「あなたって、ひどいかたですわ……あなたのせいで、わたしはひと晩じゅう眠れなかったんですよ、でも、覚悟を決めました。お好きなようになさって。わたしはあなたのものよ」

鈴蘭の香りのする、大きな目をした浅黒い顔をちらりと見て、コロトコフは咽喉《のど》から奇妙な音を出しただけで、なにも言わなかった。ブルネットの女は顔をのけぞらせ、苦しげに歯を剝《む》き出し、コロトコフの両手をつかんで、ぐいと自分のほうに引き寄せると、囁《ささや》いた。

「どうして黙っているの、女を誘惑しておいて？　あんな勇気に、わたしは夢中になってしまったの、本当よ。キスして、さあ、統制委員会の人が来ないうちに、早くキスして」

ふたたび奇妙な音がコロトコフの口からとび出した。コロトコフはぐらりとよろめき、唇に、なにか甘くて柔らかなものを感じ、目のすぐそばには、大きく見開かれた瞳孔《どうこう》があった。

「なにもかも、あなたにあげる……」コロトコフの口もとで囁く声があった。

「なにも要らないよ」とコロトコフはかすれた声で答えた。「ぼくは身分証を盗まれたのだ」

「そう、そのとおり！」不意に背後から声が聞こえた。コロトコフがふり返ると、そこには色艶のよい顔をした小柄な老人の姿が目に入った。

「ああっ！」とブルネットの女は叫び声をあげ、両手で顔をおおってドアの奥に駈けこんだ。

「ひっ、ひっ」と老人は言った。「今日は。どこに行っても、お会いしますね、コロブコフさん。まったく、たいした人ですな。それにしても、これはどういうことです、キスするのしないのって。地方出張の命令なんか眼中にないのでしょう。おかげで、わしのような年寄りにお鉢がまわってくるはめになる。そういうことだ」

この言葉とともに、老人はひからびた小さな拳を卑猥なかたちに組んで、コロトコフに突き出した。

「だがな、あんたを告発する文書を提出してやる」色艶のよい顔をした老人は憎々しげにつづけた。「そうだとも。中央本部では若い娘を三人も弄んでおいて、今度は、課のほうの娘にも手をつけようとしているのですか？　天使のような娘さんたちが泣き悲しんでいるというのに、あんたは平気でいられるのかね？　いま、可哀相な娘さんたちは、みんな嘆いているよ、しかし、もう遅すぎる。処女の誇りをとり戻すことはできない。失ったものは、二度ととり返せないのだから」

老人はオレンジ色の花柄の大きなハンカチを取り出し、泣きだして、鼻をかんだ。

「地方出張の手当を年寄りから取り上げたいのですね、コロブコフさん？　それも仕方のないことですが……」老人は身を震わせ、さめざめと泣き出し、書類鞄《かばん》を落とした。「お取りください、おいしいものでも食べてください。共産党員ではないものの、党に共鳴する年寄りは餓え死にさせるがよい……構うことはない、というわけですな。それが老いぼれ犬の歩む道。だけど、コロブコフさん、これだけは覚えておいてもらいたい」老人の声はしだいに予言者のように恐ろしい調子をおびはじめ、鐘が鳴り響くみたいになった。「そんな悪魔の金なんか、なんの役にも立たない。あんたの咽喉に突き刺さることだろう」と言うと、老人は涙を流し、はげしくすすり泣いた。

ヒステリーの発作にかられたコロトコフは、突然、それこそわれを忘れて、小刻みに足踏みしはじめた。

「ばかを言え！」とコロトコフは甲高い声で叫び、その病的な声が丸天井に響きわたった。「わたしはコロブコフじゃない。とっとと消え失せろ！　コロブコフじゃないんだ。行かんぞ！　絶対に行くものか！」コロトコフは相手の襟首をつかんで引き寄せた。

老人はまたたくまに意気銷沈し、恐怖のあまり、わなわなと震えだした。

「つぎの人！」ドアがぎいっと鳴った。コロトコフは黙りこみ、ドアに突進し、タイプライターのそばを通って左に曲がり、気がつくと、青いスーツを着た長身でスマートなブロンドの男の前に立っていた。ブロンドの男はコロトコフに頭を振って、言った。

「手短にお願いします。お答えください。ひとことで。ポルタワか、それともイルクーツクか？」

「身分証を盗まれたのです」おずおずとあたりを見まわしながら、苦しげにコロトコフは答えた。「猫も現われました。そんな権利はないはずです。これまで一度も、殴り合いをしたことなどありません、これもマッチのせいなのです。わたしを苦しめる権利なんかないはずです。あの男がカリソネルであるかどうか、どうでもよいことです。わたしはなにもかも盗まれてしまった……」

「なあに、そんなのはくだらぬことです」と青いスーツの男は答えた。「制服が支給されますし、シャツやシーツも。イルクーツクがご希望なら、古着とはいえ、毛皮のハーフコートまでもらえます。手短に」

男は、音を立てて錠に鍵を差しこみ大きな抽斗《ひきだし》を引き出し、なかを覗きこむと、丁寧に言った。

「どうぞ、セルゲイ・ニコラーエヴィチ」

トネリコの大きな抽斗のなかから、亜麻色の明るい髪をきちんと撫でつけた頭と、落ちつきなく動きまわる青い目が現われた。それから、蛇のように首をくねらせ、糊のきいたカラーの音を立てながら、ジャケット、両腕、ズボンが現われ、そしてつぎの瞬間、全身を現わした書記が、「おはようございます」とかぼそい声で言って、赤い絨緞《じゅうたん》の上に這い出てきた。水浴びをした犬のようにぶるると身震いすると、彼は跳びおりて、ポケットにカフスのあたりまで手を突っこみ、万年筆を取り出すが早いか、なにやら走り書きしはじめた。

コロトコフはあとずさりし、片手を伸ばして、いまにも泣きださんばかりになって、青いスーツの男に言った。

「ご覧なさい、ご覧なさい、この男は机のなかから出てきた。いったい、これはどういうことです？」

「当然です、這い出てくるのも」と青いスーツの男は答えた。「まさか、一日じゅう横になっているわけにもゆかないでしょう。時間です。もう時間ですよ。仕事の邪魔をしないでください」

「でも、どうして？　どうしてなのです？」コロトコフは金属質の声を立てはじめた。

「ああ、あなた」青いスーツの男は興奮して言った。「手間をとらせないでくださいよ、あなた」

ブルネットの女の頭がドアから急に現われ、興奮して、嬉しそうに叫んだ。

「もう、この人の書類をポルタワに送ったわ。わたしもいっしょに行くの。北緯四十三度、東経五度のポルタワに伯母がいるのよ」

「ほう、ちょうどよかった」とブロンドの男は答えた。「それでなくても、こんなぐずには、うんざりしていたところだ」

「そうはさせないぞ！」とコロトコフは叫び、周囲に視線を走らせた。「この女がわたしに身も心も捧げてくれるとしても、いまのわたしにはそんなことはできない。いやだ！　身分証を返してくれ。わたしの神聖な名前を返してほしい。もとに戻してくれ！」

「いいですか、それは婚姻登録係にでも言ってください」と書記が金切り声をあげた。「ここではどうしようもないのです」

「まあ、このおばかさん！」ブルネットの女がふたたび顔を出して、叫んだ。「いいじゃないの！　賛成してよ！」女は芝居のプロンプターのように声をひそめて言った。ブルネットの頭は隠れたかと思うとまた現われるのだった。

「ああ！」コロトコフは顔じゅうを涙だらけにしながら、わっと泣きだした。「あなた！　お願いだ、証明書をください。お願いです。このとおり、心の底から頼んでいるのです、わたしは修道院に入ります」

「あなた！　ヒステリーを起こさないでください。具体的に抽象的に、文書でなり口頭でなり、至急、極秘のうちに答えてください、ポルタワですか、それともイルクーツクですか？　こちらは忙しいんです、時間をとらせないでください！　廊下をうろつくんじゃない！　唾《つば》を吐くな！　たばこを吸うな！　お金の両替なんかでわずらわさないでくれ！」われを忘れて、ブロンドの男はどなりだした。

「握手は廃止されている！」＊と鶏の鳴き声に似た声で書記は言った。

「抱擁万歳！」とブルネットの女が熱烈に囁き、コロトコフの首に鈴蘭の香りを振りかけて、疾風のように部屋のなかを駈け抜けた。

「戒律の第十三条には、汝の隣人に無断で近寄るべからず、とある」と、色艶のよい顔をした老人がむにゃむにゃと言い、長いマントの裾をひるがえしながら宙を飛んで行った……「わしは歩いて部屋には入りません、入りませんとも、とにかく書類はほうり投げてやる、ほら、このとおり、えい、畜生！……どれにでも署名するんだ、そうすれば、被告席送りですな」ゆったりとした黒い袖から取り出した白い紙の束を老人はぱっと投げ落とした。すると、紙片はひらひらと舞いあがり、岩崖から海辺に舞いおりる鷗《かもめ》のように机の上にばら撒かれた。

濁った澱《おり》のようなものが部屋に立ちこめ、窓が揺れはじめた。

「ブロンドの同志！」憔悴しきったコロトコフは泣きつづけていた。「この場でわたしを射殺してくれてもよい、そのかわり、どんな証明書でもいいから作ってください。わたしはあなたの手にキスしてもよいです」

濁った空気のなかで、ブロンドの男はぶくぶくふとりだし、背も高くなり、気の狂ったように、老人の紙片に署名する手をかたときも休めず、署名したものを書記に投げ渡し、書記は書記で、嬉しそうに咽喉を鳴らしながらそれを受けとりつづけていた。

「おれの知ったことか！」とブロンドの男は吠え立てた。「勝手にしろ。タイピストたち、おい！」

ブロンドの男がふとい腕をひと振りすると、コロトコフの目の前の壁が崩れ落ち、机の上の三十台のタイプライターが金属音を響かせてフォックス・トロットの曲を演奏しはじめた。タイプライターに向かっていた三十人の女たちは、腰を揺すり、エロチックなポーズを作って肩をすぼめ、クリーム色の両脚を高く上げ、汗びっしょりになりながら、机の周囲をパレードのように整然と歩きはじめた。

白い蛇のような用紙がタイプライターの口のなかに這い込み、身をくねらせ、裁断され、縫い合わされた。すみれ色の縦縞の縫い取りのついた白いズボンが這い出てきた。《本状の所持者は実際に本人であって、やくざ者ではないことを証明する》

「これでもはいていけ！」霧のなかで、ブロンドの男が大声をはりあげた。

「ひーい、ひーい」コロトコフは悲しげに、かぼそい声をあげて泣き、ブロンドの男の机の角に頭を打ちつけはじめた。一瞬のうちに、頭の痛みは軽くなり、だれかの顔が涙を浮かべたコロトコフの前でちらついているのが見えた。

「鎮静剤を!」と、だれかが天井でどなった。

黒鳥さながらにマントで光をおおい、老人が心配そうに囁きはじめた。

「こうなったら、救いはただひとつ、第五部局のドゥイルキンのところに行くことだ。さあ、行け! 急いで行け!」

エーテルの匂いがし、それから、コロトコフは薄暗い廊下へとそっと運び出された。黒いマントがコロトコフを抱きしめ、声を押し殺して囁いたり、低く笑ったりしながら連れていった。「まあ、どうやら、あの連中にはご迷惑をかけたようだな、あんなものを机にばら撒いたので、戦場での敗北ということで、一人残らず五年の刑はまぬがれないだろう。さあ、急げ! 急げ!」

黒いマントはすばやく脇にとび、深淵へと落ちてゆくエレベーターの箱から風と湿気がただよいはじめた。

10　恐ろしいドゥイルキン

エレベーターの鏡のついた箱が下降しはじめると、二人のコロトコフも転落していった。第一の、そして主人公であるコロトコフは第二のコロトコフを箱の鏡のなかに置き去りにして、ただ一人、ひんやりとする玄関ロビーに出て行った。まるまるとふとり、ばら色の顔をしたシルクハットの男がコロトコフを迎えて、言った。

「ちょうどよかった。ただちに、あなたを逮捕します」

「逮捕することなんて、できませんよ」とコロトコフは答え、悪魔のような笑いを浮かべた。「だって、わたしが何者なのか、だれにもわからないのです。当然です。わたしを逮捕することも、結婚させることもできません。とにかく、ポルタワには行きませんん」

ふとった男は恐怖におののき、コロトコフの瞳孔《どうこう》をみつめて、あとずさりしはじめた。

「逮捕してみるがよい」とコロトコフは甲高い声で言い、鎮静剤の匂いのする、ひくひくと震えている生気のない舌をふとった男に見せた。「身分証明書をもっておらず、あかんべえしかできないわたしを、どうやって逮捕する？　もしかしたら、わたしはホーエンツォレルン*かもしれない」

「おお、主イエスよ」とふとった男は言い、震える手で十字を切り、顔色もばら色から黄色に変わった。

「カリソネルを見かけなかったか？」コロトコフはとぎれとぎれにたずね、あたりを見まわした。「さあ、答えたまえ、ふとっちょ」

「いいや、全然」とふとった男は答え、黄色の顔を灰色に変えた。

「これからどうすればよいのだ？　え？」

「ドゥイルキンのところへ行くしかありません」ふとった男がたどたどしく言った。「それがいちばんです。ただ、こわい人ですよ。ああ、恐ろしい！　近寄らないほうがよいのですが。これまでに、二人も馘首《くび》になっている。ついさっきも、電話をたたきこわしています」

「わかった」とコロトコフは答え、意気ごんで、ぺっと唾《つば》を吐いた。「こうなれば、どうなろうが同じだ。エレベーターを上にやってくれ！」

「足を怪我しないように、同志全権委員」コロトコフをエレベーターに乗せながら、ふとった男がやさしく言った。

上の階の踊場には十六歳ぐらいの少年が待ち受けていて、威嚇《いかく》するように叫んだ。

「どこへ行く？　待て！」

「殴るんじゃないよ、おまえさん」ふとった男は身を縮め、頭を手でかばうようにして言った。「ドゥイルキンに会いに行くところだよ」

「通れ」と少年は叫んだ。

ふとった男は低い声で囁《ささや》いた。

「さあ、閣下、これからさきは一人で行ってください、わたしはここのベンチで待っています。とても恐ろしくて……」

コロトコフは暗い控室に入ったが、そこから、擦り切れた淡いブルーの絨緞《じゅうたん》を敷きつめた、がらんとしたホールに移った。

《ドゥイルキン》という標札のかかったドアの前で、コロトコフは少しためらったのち、思いきってドアを開けると、暗赤色の大きな机があり、壁に時計のある、居心地のよさそうな事務室に入った。小柄で、ふとったドゥイルキンが机の向う側ではずみのついたように跳びあがり、口ひげを逆立てて、コロトコフがまだひとことも口をきかないうちに、どなった。

「黙れっ！」

この瞬間、書類鞄《かばん》を持った顔色の悪い青年が事務室に現われた。ドゥイルキンの顔は一瞬にしてほころび、皺だらけになった。

「ああ！」と、ドゥイルキンは媚《こ》びるように言った。「アルトゥール・アルトゥールイチ。今日は」

「いいか、ドゥイルキン」と青年は金属質の声を響かせながら切りだした。「おれが積立共済金庫*で個人的な独裁権を確立し、五月分の積立金を自由に使ったなどと、プズイリョフに報告したのではないだろうね？　どうなんだ？　返事をしろ！　いまいましい、人でなしめ」

「わたしが？」恐ろしいドゥイルキンから善良なドゥイルキンへと魔法の力で変身したドゥイルキンはつぶやいた。「アルトゥール・ディクタトゥールイチ*……わたしは、もちろん……なんの根拠もないのに……」

「ああ、おまえ、卑劣漢め、なんと卑劣な男なのだ」青年は一語一語を区切りながら言い、首を振り、鞄を振り上げると、まるで薄いパンケーキを皿に置くみたいにして、ドゥイルキンの耳をぱしりと打った。

コロトコフは反射的に呻き、立ちすくんだ。

「おまえだって、同じような目に会わせてやるぞ、おれの仕事に口出しするやつは、だれかれ構わず、こうしてやるのだ」と青年はいばりくさって言い、部屋を出しなに、赤くなった拳を突き出してコロトコフを威嚇して、立ち去った。

部屋には二分ほど沈黙が支配し、聞こえるものといったら、近くを通り過ぎるトラックで揺れる大きなシャンデリアの飾りが、がちゃがちゃと鳴る音だけであった。

「このとおりだよ、きみ」善良そうで、へりくだった態度をとりはじめたドゥイルキンは、苦笑して言った。「精を出して仕事をした報いがこれだ。夜もおちおち眠らず、食うものも食わず、飲むものも飲まないようにして働いた結果が、いつもこれだ、平手打ちを食らわされるだけ。まさか、あなたも、そんな目的で来たのではないでしょうね？　なんということだ……ドゥイルキンを殴れ、殴りつけよ。こいつの面《つら》は官僚の面をしているというわけだ。手が痛むかもしれませんよ。それだから、燭台で殴ったほうがいい」

そしてドゥイルキンはそそのかすように、ふくれた頰を机の前に突き出した。なにもわけのわからぬまま、コロトコフは首をかしげ、内気そうに笑い、燭台の足をつかむと、鈍い音をさせてドゥイルキンの頭を打った。鼻からほとばしった血が絨緞に降りかかり、「助けてくれ」とドゥイルキンは叫んで、ドアを開けて奥に逃げこんだ。

「ク、ク！」カッコウが嬉しそうに鳴き、壁に描かれたニュルンベルクの小屋から跳び出した。

「クー、クラックス、クラーン！」*とカッコウが叫んだかと思うと、禿頭《はげあたま》に変わった。

「職員をどんなふうに殴りつけたかを、記録しておこう！」

コロトコフははげしい怒りにかられた。燭台を振りかざすと、時計に打ちつけた。それに答えるかのように、時計は轟音をあげ、金の針が飛び散った。カリソネルが時計のなかからとび出し、《出生地証明書》のついた白い雄鶏《おんどり》に変身し、すばやくドアの向う側に姿を消した。それと同時に、ドアの向う側で、「あいつをつかまえろ、強盗だ！」と叫ぶドゥイルキンの悲鳴が聞こえ、人々の重々しい足音が四方八方からとんできた。コロトコフはくるりと向きを変えて、走りだした。

11　追跡映画と深淵

　ふとった男が踊場からエレベーターの箱に駈けこみ、ドアを閉めると、どすんと音を立てて下降していったが、端のほうが崩れかかっている大きな階段を駈け降りていったのは、ふとった男の黒いシルクハットを先頭に、それを追って《出生地証明書》のついた白い雄鶏《おんどり》、そのあとから、雄鶏の尖った白い頭の上、五センチほどのところを飛んでゆく燭台、それからコロトコフ、手にピストルを握った十六歳の少年、そして蹄鉄を打ちつけたブーツの音をどたどたと鳴らしながら走っている何人かの男といった順序であった。階段は青銅の響きを立てて呻き、踊場に面したドアがつぎからつぎと不安げに音を立てた。

　だれかが上の階段から身を乗りだし、メガフォンを使って叫んだ。

「どの課の引越しだ？　耐火金庫を忘れたぞ！」

　女の声が階下から答えた。

「ギャングよ！」

　シルクハットと燭台を追い越すと、コロトコフはまっさきに、通りに面した大きなドアをくぐり抜け、灼熱した空気を胸一杯に吸いこんで、通りにとびだした。白い雄鶏は硫黄《いおう》の匂いを残して、どこへともなく消え失せ、黒いマントが不意に出現し、コロトコフのそばをゆっくりと歩きながら、かぼそく、長くつづく悲鳴をあげた。

「組合員が殴られている、みなさん！」

コロトコフを見かけた通行人たちは脇にしりぞき、そこここのドアの脇の通路に這いこみ、短い口笛を吹いては、またひっそりと静まりかえった。突然、だれかが気の狂ったように笑いだし、はやしたてていたが、「押えろ」と、不安げな、かすれた叫び声があがった。がらがらと小刻みな音を立てて鉄のブラインドがおろされ、一人の足の悪い男が、市電の線路にすわりこんだまま、金切り声をあげた。

「はじまったぞ！」

すぐさま、コロトコフの背後で、クリスマスのクラッカーのように愉しげな銃声がひとしきり鳴り響き、横から、上から、銃弾が降り注いだ。鍛冶屋の鞴《ふいご》のようにふうふう呼吸を継ぎながら、コロトコフは、側面が大通りに、正面が狭い横町に面している十一階建ての大きな建物を目ざして突進した。その角にある、《レストランとビール》と書かれたガラスの看板は星のかたちに割れ、年輩の馭者がもの憂げな表情を浮かべ、馭者台から舗道にとび降りて、言った。

「よくやるよ！　あんた、だれかれお構いなしというわけですかね？」

横町から走り出た一人の男が、コロトコフをつかまえようとしてジャケットの裾に手をかけたが、男の手には裾が残っただけだった。コロトコフは角を曲がり、五、六メートルほど飛ぶようにして走り、玄関ロビーの鏡の空間に駆けこんだ。金モールと金ボタンのついた制服を着た少年がエレベーターのところからとびだしてきて、泣き声で言った。

「乗りなよ、おじさん。乗ってください！」と少年は声をかぎりに叫んだ。「ただ、殴らないで、ぼくはみなし児なんだから！」

コロトコフはエレベーターの箱にとびこみ、もう一人のコロトコフと向かい合って緑色の長椅子に腰をおろし、砂の上に投げ出された魚みたいに苦しげに呼吸をした。少年が泣きじゃくりながらコロトコフのあとからエレベーターに這いこみ、扉を閉め、紐を引っぱると、エレベーターは上昇しはじめた。それと同時に、一階の玄関ロビーでは銃声が轟き、ガラスのドアが回転しはじめた。

エレベーターは吐き気を催させるほどゆっくりと上に昇ってゆき、いまや安心しきって、少年は片手で鼻をこすり、もういっぽうの手で紐を操っていた。

「おじさん、金を盗んだの？」と、すさまじい身なりのコロトコフを見ながら、好奇心にかられたようすで少年はたずねた。

「カリソネルを……攻撃してやった……」と、息をはずませてコロトコフは答えた。

「ところが、あいつのほうが反撃に転じて……」

「ねえ、おじさん、最上階に行くのがいちばんいいよ、ビリヤード室があるんだ」と少年が忠告した。「モーゼル銃を持っているのなら、屋上にずっと隠れていればいいでしょう」

「上にやってくれ……」とコロトコフは同意した。

一分後に、エレベーターがゆるやかにとまると、少年は扉を開け、鼻を鳴らして言った。

「降りてください、おじさん、急いで屋上に」

コロトコフはとびだし、あたりをうかがって、耳を澄ました。下からは、しだいに大きくなってくるざわめきが聞こえ、横からは、不安げな顔がちらついているガラスの仕切り越しに、ビリヤードの玉を撞《つ》く音が聞こえていた。少年はすばやくエレベーターに駈けこみ、扉を閉めると、下降していった。

鷲のように鋭い目つきであたりを見まわしたコロトコフは、しばらくためらったのち、「前進！」と、鬨《とき》の声をあげてビリヤード室に駈けこんだ。艶《つや》光りのする白い玉が転がっている緑色のビリヤード台と蒼ざめた顔が目に入った。下からは、ほんのすぐ近くで、耳をつんざくようなこだまとともに銃声が轟き、どこかで、甲高い響きをあげてガラスがとび散った。それが合図でもあるかのように、ビリヤードに打ち興じていた人々はキューを投げ捨て、足を踏み鳴らしながら、列をなして脇のドアに突進した。コロトコフは駈けずりまわったあげく、人々が出て行ったドアに鍵を掛け、階段からビリヤード室に通ずるガラスの入口を閉めると、またたくまに、玉をいくつも拾い上げて武装した。数秒たったとき、エレベーターのそばのガラスの向うに頭がひとつ現われた。コロトコフの手からとびだした玉は唸りを立ててガラスを突き抜けると、頭は一瞬にして消えた。頭のあった場所に蒼白い火が光り、第二の頭が現われ、それから第三の頭が現われた。つぎからつぎと玉が飛び、仕切りガラスはすっかり割れてしまった。玉の転がる音が階段じゅうに広がり、それに応ずるかのように、耳を聾するシンガー・ミシン*の響きにも似た機関銃の音が吠えはじめ、建物全体を揺るがした。ガラスも窓枠も、ちょうどナイフでえぐられたみたいに上部が切り取られ、漆喰はことごとく白い煙となってビリヤード室全体に振りまかれた。

この陣地がとうてい持ちこたえられないことをコロトコフは理解した。両手で頭をおおって、あちらこちらと逃げまどったあげく、巨大な建物の平坦なアスファルトの屋上へとつづく三つ目のガラスの壁を両足で蹴った。壁は割れて飛び散った。コロトコフは荒れ狂う砲火のもと、ビリヤードの玉で五つのピラミッドを屋上に積み上げたが、それはちょうど斬り落とされた首のように、アスファルトの上を転がった。そのあとからコロトコフがとびだしたのは、絶好の時機であったが、そのとき機関銃が狙いを下に向け、窓枠の下の部分を射ち砕いたからである。

「降伏せよ！」と叫ぶ声がコロトコフの耳にぼんやりと届いた。

コロトコフの目の前にすぐさま現われたのは、頭上の輝きを失った太陽、生気のない空、微風、凍えたようなアスファルトであった。下のほうから、また周囲から、押し殺したような街路のざわめきが伝わってきた。アスファルトの上にとび降り、あたりをうかがい、玉を三つつかむと、コロトコフはフェンスの手すりによじ登り、下のほうに目をやった。心臓がとまりそうになった。ひらべったくて小さく見える建物の屋上、市電、犬や甲虫のような人々が這いまわっている広場がひらけてきたが、それと同時に、コロトコフは、横町の裂け目を踊るようにして通り抜け、正面玄関の車寄せのほうに近づいてくる灰色のいくつもの人影、そのあとにのろのろとつづいている、金色に輝く小さな頭をちりばめた玩具を見分けた。

「包囲された！」とコロトコフはため息をもらした。「消防士たちだ」

フェンスの手すり越しに身を乗り出すようにして、コロトコフは狙いを定め、矢継ぎ早に三つの玉を投げた。玉は舞い上がり、弧を描いて落ちた。さらに玉を三つ拾い上げ、ふたたび手すりによじ登り、両手を振りかぶって投げつけた。玉はまるで銀色の玉のように光り、それから落ちはじめ、黒い玉に変わったかと思うと、ふたたび、きらりと光って消えた。陽光の降り注いでいる広場を、犬どもがあわてふためいて走りまわっているのが見えた。コロトコフはさらに武器の銃弾である玉を拾おうと身を屈めたが、うまくゆかなかった。鳴りやまぬガラスの割れてはじける音とともに、ビリヤード室を仕切る裂け目に人々が姿を現わしたからだ。彼らはばらまかれた豆みたいに屋上に走り出た。灰色の帽子、灰色の外套が飛び出し、色艶のよい顔をした老人は上部のガラスを越え、地面に足もつけずに飛んできた。やがて、壁はすっかり崩れ落ち、ひげを剃りあげて恐ろしい顔つきをしたカリソネルが手に旧式の銃を構え、ローラー・スケートで威嚇《いかく》するように迫ってきた。

「降伏しろ！」前方からも後方からも、そして上のほうからも唸るような声がしたが、いっさいの声を圧したのは、鍋をたたき鳴らしたみたいな、耳を聾するばかりの不快なふとい声であった。

「もうだめだ」とコロトコフは力なく叫んだ。「万事休す。勝敗は明らかだ。タッ、タッ、タッ！」と彼は戦闘中止のラッパを唇で吹き鳴らした。

死を前にした勇気が胸にこみあげてきた。コロトコフは手すりの柱にしがみつき、バランスをとりながらよじ登り、柱の上でぐらりとよろめいてから、すっくと全身を伸ばして立ち上がると、叫んだ。

「屈辱を受けるくらいなら、死んだほうがましだ！」

追跡者たちはほんの二、三歩のところまで迫っていた。コロトコフは差し伸べられた何本もの腕をすでに目にし、カリソネルの口からはすでに炎が吹き出されていた。太陽の深淵が自分を呼び招いているような気がして、コロトコフは息もつけぬくらいだった。つんざくような勝利の叫び声をあげて、力いっぱい柱を蹴り、跳びあがった。一瞬、呼吸困難に陥った。なにかに爆破されてできたみたいな黒い穴のある灰色の物体が自分のそばを通り抜けて舞い上がるのを、おぼろげに、きわめておぼろげに見た。それから、灰色の物体が下に落ちてゆき、上方にあるかと思われる横町の狭い裂け目を目ざして自分自身が上昇してゆくのをはっきりと悟った。つづいて、まっかな太陽が頭のなかで音を立てて破裂し、もはやコロトコフには、いっさい、なにものも見えなくなった。

運命の卵

第一章　ペルシコフ教授の履歴

一九二八年四月十六日の夜、国立第四大学の動物学教授で、モスクワ動物学研究所所長でもあるウラジーミル・イパーチエヴィチ・ペルシコフは、ゲルツェン通り*の動物学研究所にある自分の研究室に入った。天井近くにある曇りガラスの大きな電球のスイッチを入れて、教授はあたりを見まわした。

恐るべき惨事は、まさしくこのいまわしい夜に端を発するものと考えられるが、それと同時に、この惨事のそもそもの原因は、ほかならぬペルシコフ教授にあったとみなさないわけにはゆかない。

今年、教授はちょうど五十八歳になる。頭は杵《きね》のようにみごとに禿《は》げあがり、両鬢《びん》に黄色みをおびた毛髪がわずかひとつまみずつほど残っているばかりだった。ひげがきれいに剃りあげられ、下唇が前のほうに突き出ている顔。そのためか、ペルシコフの顔はいつでも、どことなくわがままそうな印象を人に与えていた。旧式の小さな銀縁眼鏡を赤い鼻の上に掛け、その奥には、あまり大きくない目が光り、長身ではあるが、いくぶん猫背であった。甲高く、きいきい軋むような、蛙の鳴き声にも似た声で話すのだが、威厳をこめ、確信をもって話すときには、きまって右手の人差指を鉤《かぎ》形にして突き出して目を細めるのが、数ある奇妙な癖のひとつであった。ところが、専門領域における造詣の深さときたら、ペルシコフ教授はまったく世にも稀れな存在であったので、いつだって確信をもって話すため、ペルシコフ教授の話し相手の目の前には、この鉤形がきわめて頻繁に現われるというわけである。だが、動物学、発生学、解剖学、植物学、地理学といった自分の専門領域以外のこととなると、ペルシコフ教授はほとんどなにも話そうとはしなかった。

ペルシコフ教授は新聞も読まず、劇場にも足を向けなかったのに、教授の妻のほうは、ジーミン市のオペラ劇場のテノール歌手と一九一三年に駈落ちしてしまったほどだが、そのとき、残していった書置きの内容はつぎのようなものであった。

《あなたの研究用の蛙が悪寒のするほど耐えがたい嫌悪を催させます。あの蛙どものために、わたくしのこれからの人生は不幸なまま終ることでしょう》

その後、教授は二度と結婚しなかったし、子供もなかった。ひじょうに怒りっぽいとはいえ、それも、すぐに忘れてしまう性格、苺ジャムとともに紅茶を飲むのが好きで、プレチステンカ通りの五部屋からなる住居に住んでいたが、そのうちのひと部屋は、保母のように教授の身のまわりの世話をしていた家政婦マリヤ・ステパーノヴナという痩せた老婆のものであった。

一九一九年に、教授は五部屋のうち三部屋を没収された。そのとき、マリヤ・ステパーノヴナに、きっぱりと言明した。

「あいつらがこういう非常識なことをやめないのなら、わたしは国外に亡命するよ」

この計画を実行したなら、世界じゅうのどの大学ででも、動物学の教授として歓迎されたことは疑いないが、それというのも、ペルシコフ教授は文句なしに世界でもトップ・レヴェルの学者であったからで、とりわけ両生類や爬虫類に関する領域では、いずれにせよ、彼と比肩しうる学者といえば、ケンブリッジ大学のウィリアム・ヴェックル教授、ローマ大学のジァコモ・バルトロメオ・ベッカリ教授*を除くと、だれもいなかったからである。教授はロシア語のほかに四カ国語を読むことができ、フランス語とドイツ語は母国語と同じように話すことができた。国外亡命の計画をペルシコフは実行に移さず、そして一九二〇年は一九一九年よりもいっそう悪くなった。さまざまな事件が、それも、つぎからつぎと発生した。ニキーツカヤ大通りがゲルツェン通りと改称された。それにつづいて、ゲルツェン通りとモホワヤ通りの角に建っていた建物の壁時計が、十一時十五分を指したままとまってしまった。最後には、動物学研究所の飼育箱では、この忘れられない年の混乱に耐えかねて、まず、珍種の雨蛙が八匹、ついで普通種のひき蛙が十五匹、最後に、きわめて珍しいスリナム種*のひき蛙が一匹、死んでしまったのである。

　無尾類という適切な名前をつけられている両生類の第一目の絶滅を意味するひき蛙の死後、そのあとを追うようにして天国に召されたのは、両生類には入らない研究所の常勤の守衛であったヴラス老人である。もっとも、守衛の死因は哀れな両生類と同じものであって、その原因をペルシコフはすぐさま見ぬいて、ただちに断定した。

「飼料不足！」

　教授の言うことはしごくもっともなことで、ヴラスには小麦粉を、ひき蛙には小麦粉につく蠕虫《ぜんちゅう》を食べさせる必要があったのだが、小麦粉が姿を消すにつれて、蠕虫もまたいなくなったわけである。ペルシコフは生き残った雨蛙二十匹の餌を油虫に換えようと試みたが、油虫までも戦時共産主義には露わな敵意を示したのか、いずこへともなく姿をくらましてしまった。かくして、最後に残った雨蛙を研究所の中庭にあるごみ溜めに棄てる破目になったのである。

蛙どもの死、とりわけスリナム種のひき蛙の死がペルシコフに与えた影響は筆紙につくしがたい。どういうわけか、彼は蛙の死の原因を、当時の教育人民委員*の責任と考えたのである。

冷えこみのきびしい研究所の廊下で、帽子をかぶり、オーバーシューズを履いたペルシコフは、明るい亜麻色の顎ひげのさきを尖らせ、ひどく優雅な感じのする紳士然とした助教授のイワノフに言った。

「まったく、ピョートル・ステパーノヴィチ、こんなひどいことをするやつは殺しても気がすまないくらいだ！　いったい、あいつらはなにをしているのだ？　これでは、この研究所もつぶされてしまう！　そうじゃないかね？　あれはすばらしい雄だった、アメリカ産のスリナムの珍種さ、体長は十三センチもあって……」

それ以降、事態はさらに悪化した。ヴラスの死後、研究所の窓は一枚残らず凍ってしまったため、内側のガラスの表面には色とりどりの氷が張った。兎も、狐も、狼も、魚も、みな、つぎからつぎと死んでゆき、蛇などは一匹もいなくなった。ペルシコフは何日も口をきかなくなるとともに、やがて肺炎にかかったが、死にはしなかった。全快してからは、週に二回、研究所の外の気温とは関係なく、なぜかつねに零下五度の温度を保っている研究所の円形講堂で、オーバーシューズを履き、耳当てのついた帽子をかぶり、マフラーを首にまいたまま、白い息を吐きながら、八人ほどの聴講生を相手に、「熱帯地方の爬虫類」と題する連続講義を行なっていた。それ以外の時間はすべて、プレチステンカにある天井まで本を積み上げた自宅の書斎で、毛布にくるまってソファに横になったまま、ひっきりなしに咳をしながら、マリヤ・ステパーノヴナが金メッキをした椅子を薪《たきぎ》がわりに投げこんでいた煖炉の赤くなった口をじっと眺めながら、スリナム種のひき蛙の追憶にふけっていた。

しかし、この世には、すべて終りというものがある。一九二〇年と二一年が終り、二二年になると、遡行運動とでも呼ぶべき動きがはじまった。まず第一に、死んだヴラスの後釜として、まだ若いとはいえ、将来をおおいに嘱望されるパンクラートが動物学研究所の守衛となり、研究所にも少しずつ暖房が入るようになった。その夏、ペルシコフはパンクラートの協力を得て、クリャージマ川*で、さして珍しくもないひき蛙を十四匹採取した。飼育箱はふたたび活気づいた……一九二三年になると、ペルシコフは週に八回、つまり研究所で三回と大学で五回の講義をするようになり、二四年には週に十三回、そのほかにも労働者のための大学予備校で講義し、二五年の春学期には、七十六名の学生を試験で落第させ、しかもそれがすべて両生類に関することだったために、一躍、評判になったものである。

「どうして両生類と爬虫類の区別も知らないのかね?」とペルシコフはたずねた。「まったくおかしいよ、きみ。両生類には骨盤突起がない。退化してしまったのだ。そういうことだ。恥ずかしいと思いたまえ。たぶん、マルクス主義者なのだろう?」

「マルクス主義者です」落第生は消え入りそうな声で答えた。

「それでは、また秋学期に来てくれたまえ」ペルシコフは鄭重に言い、それからパンクラートに元気よくどなった。「つぎの学生を!」

長期にわたる旱魃《かんばつ》のあとの最初の降雨とともに両生類が息を吹き返すみたいに、ペルシコフ教授も一九二六年には生き返ったが、その年には、アメリカとロシアの合弁会社が、モスクワの中心地にある新聞横町とトヴェルスカヤ通りの角に十五階建てのビルを十五棟も建てたのを手はじめに、郊外には、それぞれ八世帯ずつ入居できる労働者用共同住宅を三百棟も建設して、一九一九年から一九二五年にかけてモスクワ市民の悩みの種であった恐ろしくも滑稽な住宅難を、一挙に、最終的に解決したのである。

　ともあれ、この夏は、ペルシコフ教授の生涯において記念すべきものであって、かつて二部屋きりで、マリヤ・ステパーノヴナと身を寄せ合うようにして暮らさなければならなかったときのことを、ときおり、いかにも満足げな低い笑い声を立て、揉み手をしながら思い出すのだった。いまや、教授は五部屋を全部返してもらい、広くなった住居に、二千五百冊の書物、剝製、図表、標本などをゆったりと置き、書斎の机には緑色の電灯をつけた。

　動物学研究所も見ちがえるほど変わり、外壁はクリーム色に塗り替えられ、両生類室には特別の水道が引かれ、ガラスはすべて磨きガラスにとりかえられ、新しい顕微鏡五台、ガラスばりの標本台、反射器のついた二千ワットの大電球、反射鏡、陳列室の棚なども購入され、取り寄せられた。

　ペルシコフは蘇ったが、そのことを世界じゅうの人々がまったく思いがけずに知ったのは、一九二六年の十二月、『第四大学紀要』として世に出た百二十六ページの論文、『腹足類、あるいは甲状軟体動物の繁殖の問題再考』によってであった。

　一九二七年の秋には、三百五十ページの大著『スリナム産ひき蛙、すきあし蛙、雨蛙の発生学』(国立出版所刊、定価三ルーブリ)が出版され、六カ国語に翻訳されたが、そのなかには日本語訳も含まれていた。

ところが一九二八年の夏、とても信じがたいほど恐ろしい事件が起こったのである……

第二章　色彩つきの渦巻

こういうわけで、大きな電球のスイッチを入れて、教授はあたりを見まわしたのである。それから、細長い実験台の上にあった反射鏡の明かりをつけ、白衣を着ると、台の上の器具をがちゃがちゃと鳴らした。

一九二八年のモスクワ市内を走りまわっていた三万台もの機械化された乗物の多くは、木煉瓦《トルツ》の舗装道路を軽やかな音とともにゲルツェン通りを通り過ぎてゆくが、一六番、二二番、四八番、五三番の系統の市電が一分間隔でゲルツェン通りからモホワヤ通りへと轟音を響かせ、軋みを立てながら坂道を下って行くのであった。色とりどりの灯火の照り返しが研究室の磨きガラスに投げこまれ、遠くの空高く、救世主キリスト大聖堂*のどっしりとした暗い丸屋根のそばに、鎌のような形をした蒼白い月がかすむように見えていた。

しかし、月も、モスクワの春の鈍い響きも、ペルシコフ教授の興味をいっこうにそそらなかった。三本脚の回転椅子に腰をおろし、たばこの脂《やに》で茶色になった指で、着色していない新しいアメーバの標本を固定させ、ツァイス製の高性能の顕微鏡の調整ねじをまわしていた。ペルシコフが五千倍から一万倍に倍率を変えたとき、ドアが少し開き、さきの尖った顎ひげと革のチョッキが見え、そしてイワノフが声をかけた。

「ウラジーミル・イパーチイチ、腸間膜をセットしましたが、ご覧になりませんか？」

ペルシコフは調整ねじのほうは中途で投げ出して、勢いよく椅子からとび降りると、ゆっくりとたばこを手で弄びながら、イワノフの研究室に入って行った。そこのガラス台の上には、恐怖と痛みのために息もたえだえに、なかば死にかかった雨蛙がコルク台の上に磔《はりつけ》にされていて、血まみれになった腹のなかから、透明な雲母のような内臓が顕微鏡の下に引き出されていた。

「なかなかいい」とペルシコフは言い、顕微鏡の接眼レンズに片目を当てた。

雨蛙の腸間膜には、なにかきわめて興味深いものが見えたが、生きた血球が血管を勢いよく流れているのがはっきりと見てとれたのである。ペルシコフはさきほどのアメーバのことなどすっかり忘れ、一時間半というもの、イワノフと交互に顕微鏡のレンズを覗きこんでいた。そのあいだ、二人の学者は活気にあふれてはいるものの、普通の人間にはなにも理解できない言葉をかわし合っていた。

ついに、ペルシコフは顕微鏡から離れて、言った。

「血が凝固してゆく、これはどうしようもない」

雨蛙は苦しそうにかすかに頭を動かしたが、そのどんよりした目には、〈きさまらは悪党だ、まったく……〉という言葉がはっきりと読みとれた。

しびれた足を揉みほぐしながら、ペルシコフは立ちあがり、自分の研究室に戻り、あくびをひとつし、いつでも炎症を起こしているような瞼《まぶた》を指でこすり、それから回転椅子に腰をおろして顕微鏡を覗きこみ、調整ねじに指を当てて回転させようとしたが、それきりやめてしまった。白く濁った円形と、そこにうごめいている不定形の蒼白いアメーバとがペルシコフの右の目に入ったが、円形の中央には、女の毛髪に似た色彩つきの渦巻があった。このような渦巻だったら、ペルシコフ自身も、何百人という彼の教え子たちも、これまでに何度となく見てきたものであったが、だれ一人としてそれに興味を示さず、またその必要もなかったものである。この色つきの光束は、観察の邪魔になるばかりで、標本の焦点が合っていないことを示すにすぎなかった。それゆえ、そんなときにはいつでも調整ねじをひとひねりして、むらのない光線を当てて容赦なく消してしまうのである。動物学者の長い指はすでに調整ねじのぎざぎざにぴたりと押し当てられていたが、突如としてぴくりと震え、滑り落ちた。その原因はペルシコフの右の目にあったのだが、その目は突然緊張し、不思議そうな、不安の表情さえ浮かべはじめたのである。顕微鏡に向かっていたのが無能な凡人ではなかったのが、共和国にとっては悲しむべきことであった。そう、顕微鏡を覗いていたのはペルシコフ教授だったのだ。教授の人生、その思考のいっさいが右の目に集中された。石のような沈黙がつづく五分ばかり、焦点のずれた標本にたいして痛いほど目を緊張させて、最高の存在物である人間が最下等の生物を観察していた。周囲は静まり返っている。パンクラートは玄関ホールの脇にある守衛室で眠りこんでしまい、ほんの一度だけ、遠くのほうで、戸棚のガラスがぶつかるような音楽的で軽やかな音が聞こえたが、それはイワノフが帰りがけに自分の研究室のドアを閉めたときに鳴ったものである。玄関のドアが呻いた。それ以後、耳に入ってきたのは教授の声だけであった。ところで、教授がだれにたずねていたのかは明らかでない。

「これは何だろう？　まったく、わからん……」

深夜、遅れて出発したトラックが一台、研究所の古い壁を揺すってゲルツェン通りを過ぎて行った。ピンセットを入れた浅いガラス皿が実験台の上で音を立てた。教授は顔を蒼白にし、あたかも母親が危険の差し迫った子供をかばうみたいに、両手で顕微鏡をおおった。いまやペルシコフには、調整ねじをまわすことなど問題にもならなかった。おお、そうではない、いま自分が目にしたものが、なにか無関係な力によって視界から追い出されてしまうのではないかと恐れたのである。

教授が顕微鏡から離れ、しびれた足を窓辺に運んだときには、東の空はすっかり白くなり、金色に輝く朝の光がクリーム色をした研究所の玄関に降り注いでいた。震える指でボタンを押すと、黒いブラインドが完全に朝を遮断し、研究室には、叡智にみちた学者の夜がふたたび蘇った。顔を黄色にし、霊感にみちたかのようなペルシコフは両足を踏み鳴らし、涙ぐんだ目で寄木細工の床をひたとみつめて、言いだした。

「しかし、いったい、どうしてこうなるのだろう？　まったくおかしなことではないか！　これは、おかしなことだ」飼育箱のひき蛙のほうを向きながらくり返したが、ひき蛙どもは眠ったまま、ひとことも返事をしなかった。

　彼はしばらく黙りこんでいたが、それから思い出したようにスイッチのところに歩み寄り、ブラインドを上げ、電灯を全部消してから、顕微鏡を覗いた。緊張した表情を浮かべ、ぼさぼさした黄色い眉をひそめた。

「うむ、うむ」と彼は唸った。「消えた。わかった。わかあったぞお」言葉を長く引っぱるようにして言うと、狂気じみた、そして感動のこもった目で、頭の上の消えた大きな電球を見上げた。「じつに簡単な原理だ」

　それから彼は、もう一度、ブラインドをするするとおろし、ふたたび大きな電球をつけた。そして顕微鏡を覗きこみ、いかにも嬉しそうに、得意げな表情をほころばせた。

「よし、突きとめてやるぞ」指を一本、上に持ちあげながら、彼は勝ち誇ったように、厳粛に言った。「突きとめてやる。もしかしたら、太陽のせいかもしれないな」

　またしても、ブラインドが持ちあげられた。いま、太陽は目の前にあった。陽光が研究所の壁にさんさんと降り注ぎ、木煉瓦で舗装されたゲルツェン通りには斜めに射していた。教授は窓の外を眺め、昼間は太陽がどのあたりにくるかと思いめぐらしていた。軽快な踊るような足どりで窓辺に近づいたり離れたりしていたが、ついには窓台に腹這いになった。

教授は重大な、そして神秘めいた仕事に着手した。顕微鏡に円筒形のガラスのケースをかぶせた。ガス・バーナーの青い炎で封蠟のかけらを溶かし、ケースの縁を実験台にぴったりとつけ、封蠟を流した上に拇印を捺《お》した。ガスの火を消し、外に出ると、研究室のドアにイギリス錠をかけた。

研究所内の廊下は薄暗かった。教授はパンクラートの部屋までたどりつき、応答のないまま、長いことドアをノックしつづけた。ようやくドアの向う側で、鎖につながれた犬の唸り声みたいな、なにかを咽喉《のど》から吐き出すような音、牛の鳴き声にも似た声が聞こえて、踝のあたりを紐で縛った縞模様のズボン下をはいたパンクラートが、明るいところに出てきた。彼はきょとんとした目で教授の顔を眺めたが、まだはっきりとは目がさめていないらしく、低く唸っていた。

「パンクラート」教授は眼鏡越しに相手を見やって、言った。「起こして悪かったな。じつは、こういうことなのだよ、きみ、今朝はわたしの研究室には入らないでもらいたいのだ。あそこに、どうしても動かせない仕事を残してきているのでね。わかったかな?」

「う、う、う、わ、わかりました」と、なにも理解できぬままパンクラートは答えた。身体をふらふらと揺すりながら、唸りつづけていた。

「いや、よく聞け、目をさますのだ、パンクラート」と動物学者は言って、パンクラートの肋骨を軽く小突いたが、すると相手の顔には、なぜか驚きの色が浮かび、目にも輝きが現われ、いくぶん意識もはっきりしてきたものと見受けられた。「研究室には鍵をかけてきたのだけど」とペルシコフはつづけた。「わたしが来るまでは、そのままにしておいてくれ。わかったな?」

「はい、わかりました」パンクラートがしわがれ声で答えた。

「それじゃ、頼むよ、おやすみ」

パンクラートはくるりと向き直り、ドアの奥に消えるなり、すぐにベッドに倒れかかったが、教授のほうは玄関ホールで身支度を整えはじめた。グレーの夏用のコートをはおり、ソフト帽をかぶり、それから顕微鏡を通して見た光景を思い出して、オーバーシューズをじっとみつめていたが、まるではじめて見るかのように、数秒間、目を放そうともしなかった。やがて、左靴から履きにかかったが、右足を突っこもうとしたので、うまくゆかなかった。

「イワノフがわたしを呼んだのは、なんと驚くべき偶然だろう」と教授は言った。「そうでなかったら、きっと気づかなかったにちがいない。それにしても、これからどうなるのだろうか？……これがどんな結果をもたらすものやら、見当もつかないくらいだ！」教授は薄笑いを浮かべ、目を細めてオーバーシューズを眺め、そして左靴を脱いで右靴を履いた。「ああ！　あれがどういう結果をもたらすか、想像できないほどだ……」教授は、右足が入ることを拒んで、いらいらさせた左靴を軽蔑するみたいに突き放すと、オーバーシューズを片ほう履いただけで、出口に向かって歩きだした。そのとき、ハンカチを取り落としたが、そのまま気づかずに、重いドアをぱたんと閉めて外に出た。正面玄関の階段のところで、両脇のポケットをたたき、長いことマッチを探したが、結局、見つからなかったので、火のついていないたばこを口にくわえたまま、通りを歩きだした。

大聖堂の前に来るまで、動物学者はだれにも出会わなかった。大聖堂のそばで、頭をのけぞらせるようにして、金色の丸屋根を仰ぎ見た。屋根の片側を太陽が気持よさそうに舐めていた。

「いったいどうして、これまで見つけられなかったのだろう、なんという偶然だろう？……ちぇっ、ばかだな」と、教授は身をかがめ、片方は普通の靴、もういっぽうはオーバーシューズを履いている両足を見ながら考えこんだ。「ふむ……どうしたらよいか？　パンクラートのところに戻るとするか？　いや、あいつはとても起きやしない。たいしたものでもないが、捨ててしまうのも惜しい。両手で持ってゆかねばならんな」片方のオーバーシューズを脱ぎ、さもいとわしげに、それを持って歩きだした。

　プレチステンカ通りのほうから、三人づれが乗った旧式の自動車が近づいてきた。酔っぱらった男が二人、それに二八年に流行していた幅の広い絹のズボンをはき、けばけばしい化粧をして男たちの膝の上に乗っている女。

「ねえ、おじさん！」と女が低くかすれた声で叫んだ。「もういっぽうのオーバーシューズは飲んでしまったの？」

「あのじいさん、おおかた《アリカザール》*でも飲んできたのだろう」と左側にいた酔っぱらいが唸り、右側の酔っぱらいは、自動車から身を乗りだして叫んだ。

「おっさん、ヴォルホンカのナイト・クラブはまだ開いているかね？　あそこに行くところなのだ！」

　教授は険しい目つきで眼鏡越しに彼らをにらみ、口からたばこを取り落としたが、すぐさま、三人のことなど忘れてしまった。プレチステンカ通りの並木路には陽光が注ぎ、大聖堂の尖塔は燦然と輝きはじめた。太陽が昇っていた。

第三章　ペルシコフの成功

話というのはこういうことであった。教授が天才的な目を接眼レンズに近づけたとき、生まれてはじめて、色彩つきの渦巻のなかに、とりわけ鮮明に、ひときわふとく浮き出た一筋の光線に注意を向けたのだった。その光線は鮮やかな赤色で、渦巻からは、小さな刃といおうか、いや、むしろ針とでもいったほうがよいかもしれぬが、そのようなものが突き出ていたのである。

この光線が数秒間、なにものをも見逃さぬ世界的な動物学者の目を惹きつけたのが、不幸のはじまりであったとしかいいようがない。

そこに、つまりその光線のなかに、顕微鏡の鏡と対物レンズの動きにともなって偶然に生じた不安定な産物にすぎぬこの光線よりも千倍も重大で、意味深いものを、教授は見いだしていたのである。イワノフが教授を呼び出したおかげで、アメーバは一時間半ほどこの光線の影響下にあったのだが、この光線からはずれたレンズの円形に置かれていた粒状のアメーバが活気を失い、力なくうごめいていたのにたいし、赤い鋭い刃の当っていた場所では、奇妙な現象が起こっていた。赤い筋の内側では生命力がわき返っているようだった。灰色のアメーバは擬足を出しながら、全力を傾けて赤い筋のほうに身を伸ばし、そのなかに入ると(まるで魔法にでもかかったみたいに)活気づくのだった。なにかの力が生命力を吹きこんだみたいだった。アメーバは群れをなして這い、赤色光線のなかにみずからの場所を獲得しようと、たがいに格闘し合っていた。その光線のなかでは、狂気じみた、そう、それ以外の言葉では表現できないような繁殖が行なわれていた。ペルシコフが自分の五本の指のように熟知しているあらゆる法則を否定し、破壊しながら、アメーバは目の前で稲妻のような速さで膨張していった。赤色光線に当ると、いくつにも分裂したかと思うと、分裂したひとつひとつのものが、二秒後には活気にみちた新しい有機体となっていた。これらの有機体も、またたくまに生長し、成熟し、つぎには、すぐさま自分でもって新しい世代を作りはじめたのである。まず最初、赤色光線が、ついでレンズの円形が全体として窮屈になり、避けられない闘争がはじまった。新しく生まれたばかりのアメーバは猛烈な勢いでたがいに襲い合い、細かく引き裂いては飲みつくした。新たに生まれたもののあいだには、生存競争の敗者の屍骸が横たわっていた。勝利を収めたものは優者であり、強者である。この優者というのが恐ろしいものであった。まず第一に、普通のアメーバの二倍くらいの大きさがあったし、第二には、ほかのものとくらべると、一種独特な憎悪と敏捷さにおいて抜きん出ていた。それらの動きは活発で、擬足は正常なものよりはるかに長く、それこそ蛸《たこ》のあしのように擬足を動かしていたといっても、けっして誇張ではない。

二日目の夜、頬がこけ、まっさおな顔をした教授は、食事もとらず、わずかに手巻きのふといたばこを吸うだけで元気をつけながら、アメーバの新世代の研究に没頭し、三日目には、そもそもの原因となった赤色光線の研究に移った。

ガス・バーナーが静かな音を立てて燃え、通りはふたたびざわつきはじめ、そして百本ものたばこのせいで気分の悪くなった教授は、目をなかば閉じて、回転椅子の背にぐったりともたれかかった。

「そうだ、いまこそ、なにもかもがはっきりした。アメーバを活気づけたのはあの光線なのだ。あれは、まだだれにも研究されていない、そしてだれにも明らかにされていない新しい光線だ。まず最初に解明しなければならないのは、この光線が電気からのみ得られるのか、あるいは太陽からも得られるのかということだ」とペルシコフはひとりごとを言った。

さらにひと晩かかって、この問題は解明された。ペルシコフは三台の顕微鏡で三つの光線をとらえたが、しかし太陽からはなにもとらえられなかったので、こんなふうに言った。

「これは太陽のスペクトルには存在しないと考えなければならない……ふむ、そう、つまり、ひとことで言えば、電気の光からのみ作られると考えなければならない」天井から吊るされた曇りガラスの大きな電球をほれぼれした目つきで見上げ、はげしい感激にかられながら、少し考えたあと、イワノフを研究室に招いた。イワノフになにもかも打ち明けて、アメーバを見せた。

助教授のイワノフはすっかり驚き、完全に打ちのめされたみたいな衝撃を受けたようだった。こんな簡単なことに、この細い矢のような光線に、どうしてこれまで気づかなかったのだろうか、いまいましい。こんなことだったら、だれにでも、そう、イワノフにだっても見つけられたはずだ。それにしても、これはまったく怪物じみている。まあ、とにかく、ちょっと見てみるがよい……

「見てください、ウラジーミル・イパーチイチ!」接眼レンズに目を押し当てるや、イワノフは恐怖にかられて言った。「なんということでしょう?! 見ている前で、どんどん生長していくではありませんか……ほら、ごらんなさい……」

「わたしはもう三日も観察しているのだよ」とペルシコフは意気ごんで答えた。

それから、二人の学者のあいだで会話がかわされたが、それは、レンズと鏡の助けを借りて、拡大された赤色光線を顕微鏡の内部でも得られるような暗室をイワノフ助教授が作製するという話であった。イワノフは、それをきわめて造作ないことと考え、むしろ成功を確信してさえいたのだ。イワノフ助教授は赤色光線を作りだすことだろう、ペルシコフ教授も、それを疑っていなかった。そこで、ささやかな気まずさが生じた。

「ピョートル・ステパーノヴィチ、この研究を公表するときには、暗室を設計したのはきみであるということを書き加えておくよ」とペルシコフがつけ加えたのは、この気まずさを解消しておく必要があると感じたからである。

「おお、そんなことは重要な問題ではありません……もっとも、それはもちろん……」

そこで、気まずいしこりのようなものは一挙に解消した。そのとき以来、赤色光線はイワノフの心をも奪ってしまった。ペルシコフが日ましに憔悴の色を濃くしながら、昼間の時間のすべてと夜の時間の大半を顕微鏡に向かって過ごしているあいだ、イワノフのほうは、無数のランプが輝いている物理学研究室で、レンズや鏡をいろいろに組み合わせながら仕事にはげんでいた。機械技師もその仕事を手伝った。

教育人民委員部をとおして注文した品物が、二個の小包となってドイツからペルシコフのもとに送られてきたが、そこには、二重凸面鏡、二重凹面鏡、それに凹凸両用の磨きガラスまでが入っていた。イワノフが暗室を完成し、そこで実際に赤色光線をとらえることができたとき、すべては終了した。それも、正当に評価されねばならないのは、文句なしに、みごとにとらえたことであって、その光線は幅四センチほど、色彩も濃く、鋭敏で強力なものであった。

六月一日に、暗室がペルシコフの研究室に設置されると、教授は赤色光線を雨蛙の卵に当てながら、夢中になって実験を開始した。この実験は驚くほどの成果をもたらした。わずか二昼夜のうちに、何千というおたまじゃくしが卵から孵《かえ》った。しかし、そればかりか、さらに一昼夜のあいだに、このおたまじゃくしは異常なまでの生長ぶりを示して雨蛙となったが、その雨蛙がひどく獰猛《どうもう》で、しかも大食いときていたので、その半数は、残りの半数によってその場で食い殺されてしまったほどである。そのかわり、生き残った雨蛙は、排卵期などまったく無視して卵を産みはじめ、そして二日後には、いかなる光線の助けも借りずに、新世代を、それもかぞえられないほど多くの新世代を作りあげたのである。教授の研究室には奇想天外な騒ぎがはじまり、おたまじゃくしは研究室から這い出し、研究所じゅう、それこそ飼育箱にも、床の上にも、いたるところにひろがってゆき、まるで沼のなかにでもいるかのように、騒々しい合唱が響きはじめた。これまでもペルシコフを火のように恐れていたパンクラートは、いまでは死の恐怖にも似た感情しか教授に抱けなくなった。一週間後には、教授自身、自分は分別を失ったのではないかと思ったほどである。研究所はエーテルとシアン化カリウムの匂いで充満し、時ならぬときに防毒マスクをはずしてしまったパンクラートなどは、危く窒息しそうになったほどである。かくして、無数に繁殖した沼の一族は毒ガスで全滅し、研究室内も新鮮な空気に入れかえた。

ペルシコフはイワノフに向かって言った。

「いいですか、ピョートル・ステパーノヴィチ、あの光線の卵黄にたいする効力、そもそも、卵細胞にたいする効力は驚嘆すべきものではないですかね」

冷静で、控え目な紳士であったイワノフは、いつになく興奮した口調で、教授の言葉をさえぎった。

「ウラジーミル・イパーチイチ、いったいどうして、卵黄などといった些細なことを話題にされるのです？　そのものずばりに言ってしまおうじゃありませんか、教授は前代未聞の発見をなさったのです」どうやら、大きな努力を必要としているように見受けられたが、それでもイワノフはあえて言葉を押し出すようにして言った。「ペルシコフ教授は生命光線を発見されたのです！」

無精ひげの伸びたペルシコフの蒼白い頬に、かすかな紅潮がさした。

「うん、それもそうだが」とペルシコフはつぶやいた。

「教授」とイワノフはつづけた。「あなたは世界的な名声を獲得されることでしょう……頭がくらくらしそうです。おわかりでしょう」と熱っぽく語りつづけた。「ウラジーミル・イパーチイチ、これに比べると、ウェルズ*の小説の登場人物たちなどはまったく荒唐無稽なものにすぎません……わたしだって、あんなものはとるにたりぬ作り話だと思ってはいたのですが……ウェルズの『神々の糧』を覚えていらっしゃいますか？」

「ああ、あれは小説だよ」とペルシコフが答えた。

「それはそうですけど、有名なものではありませんか！」

「忘れてしまったよ」とペルシコフは答えた。「読んだ記憶はあるけど、忘れてしまった」

「どうして覚えていらっしゃらないのでしょう、まあ、ご覧ください」と言って、腹をふくらませて死んでいる信じられないほど大きな雨蛙の足をつかんで、イワノフはガラス台から持ちあげた。雨蛙の顔には、死後もなお意地の悪そうな表情が浮かんでいた。

「これこそ怪物ですよ！」

第四章　長司祭の妻であったドロズドワ

これがイワノフのせいなのか、それともセンセーショナルなニュースというものはおのずからひろまってゆくものなのか、原因は神のみぞ知るところではあったが、とにかく、異常なまでに生活が沸騰していたモスクワで、赤色光線とペルシコフ教授のことが突如として話題にのぼりはじめた。それも、どことなく頼りなげで、きわめてとらえどころのないものであったことは確かである。奇蹟的な力をもつ光線が発見されたというニュースは、手傷を負った鳥のように、あるときは姿を消し、またあるときはふたたび高く舞い上がったりしながら、六月中旬、『イズヴェスチヤ』*の二十面、「科学と技術のニュース」欄に赤色光線を論じた短い記事が現われるまで、光り輝く首都を飛びまわりつづけていた。その記事には、国立第四大学の有名な教授が、下等動物の有機体の活動力を信じがたいほど高める光線を発見したこと、この光線はなお厳密な検討を必要とすることなどが断言を避けるように書かれていた。名前ももちろん誤っていて、《ペヴシコフ》と印刷されていた。

イワノフが新聞を持ってきて、その記事をペルシコフに見せた。

「《ペヴシコフ》か」ペルシコフは研究室で暗室を操作しながら、ぶつぶつ言った。「ほら吹きどもめ、どこから嗅ぎつけたのだろう?」

ああ、しかし、名前の誤報は教授を救うことにはならず、その翌日から事件が相次いで発生し、ペルシコフの平穏な生活はすっかり乱されてしまった。

ノックをしてからパンクラートが研究室に入ってきて、極上紙の名刺をペルシコフに差し出した。

「そこに来ています」パンクラートはおずおずとつけ加えた。

名刺には、洒落た活字でつぎのように印刷されていた。

《アリフレッド・アルカージエヴィチ・ブロンスキイ＊
雑誌『赤い灯』＊『赤い胡椒』
『赤い雑誌』『赤い探照灯』
夕刊『赤いモスクワ』編集部員》

「さっさと追っぱらってしまえ」とペルシコフは一本調子で言って、名刺をテーブルの下に払い落とした。

パンクラートはくるりと背を向けて出て行ったが、五分もすると、沈痛な面持ちで、二枚目の名刺を手にして戻ってきた。

「それはなんだ、からかっているのか？」ペルシコフは歯ぎしりをして、険悪な表情を浮かべた。

「ゲー・ペー・ウー＊(GPU＝国家政治保安部)から来た、と言ってますので」とパンクラートは答え、まっさおな顔になった。

ペルシコフは片手で名刺をひっつかみ、もう少しでそれを引き裂かんばかりの剣幕を示し、もういっぽうの手で、ピンセットをテーブルに投げつけた。その名刺には、曲がりくねった筆蹟で、書かれてあった。《深く尊敬する教授、はなはだ失礼ながら、社会的な性質をおびた問題についてご意見をうかがいたく、三分間ほど、面会していただけましたら幸いにぞんじます。ゲー・ぺー・ウー発行の諷刺雑誌『赤い鴉』＊編集部員》

「お通ししなさい」とペルシコフは言って、深くため息をついた。

パンクラートの背後から、ひげをきれいに剃りあげ、脂ぎった顔をした一人の青年が不意に現われた。まるで中国人のように吊り上がっている眉と、かたときも話し相手の目を見ようとしない瑪瑙《めのう》のような小さな目が異様な印象を与えている。青年は非の打ちどころのない流行の身なりをしていた。身体にぴったりと合って膝まで届く長いジャケット、吊鐘のようにだぶだぶのズボン、履いていたのは、不自然なまでに幅が広い馬蹄のようなエナメルの靴。青年の手にはステッキ、さきの尖った帽子、それに手帳があった。

「何のご用です？」とペルシコフはたずねたが、パンクラートが思わずドアの外に逃げ出さずにはいられなかったほどの恐ろしい声であった。「いまは忙しい、と言われたでしょう？」

返事をするかわりに、青年は最初は右側に、つぎは左側にと、教授に二度お辞儀をしてから、小さな目で研究室をすばやく見まわすと、すぐさま、なにやら手帳に書きとめた。

「わたしは忙しいのですよ」と教授は言い、不愉快そうに客の小さな目をみつめたが、相手の目はとらえどころのないものだったので、いかなる効果も得られなかった。

「尊敬する教授、どうか、お許し願います」青年はかぼそい声で言いだした。「突然、押しかけてきて、貴重なお時間を割《さ》いていただくのは申しわけないことですけれど、全世界に知れわたった教授の世界的な発見のニュースを考えますと、ぜひとも、なにかご説明をいただければと、あえてお願いするしだいでございます」

「いったい、全世界にどのような説明を？」ペルシコフは顔を黄色くしながら、甲高い声でわめいた。「説明する義務なんか、わたしにはなにもありません……忙しいのです……ひどく取りこんでいますのでね」

「いま、何をご研究なさっていらっしゃるのです？」青年は取り入るような声でたずねて、さらに手帳に書きつけた。

「そう、わたしは……どうして、そんなことを？　なにかに載せたいのですか？」

「はい」と青年は答えると、不意にせかせかと手帳に書きこみはじめた。

「まず第一に、研究が終るまでは、わたしはなにも発表するつもりはありません……

ましてや、あなたがたの新聞なんかには……第二に、このことをどうして知ったのです？」と言ってから、ペルシコフは急に落ちつきを失ってゆく自分を意識した。

「新しい生命光線を発見なさったという噂は本当ですか？」

「新しい生命とか、いったい、どういうことです？」教授は青筋を立てて怒りはじめた。「なんだって、くだらぬことをしゃべっているのだ！　わたしの研究している光線は、まだ解明されたわけではないし、それにだいたいからして、まだなにもわかってはいない！　もしかしたら、それが原形質の生命活動を高めるかもしれないが……」

「何倍ほど？」と青年がせきこんでたずねた。

ペルシコフはすっかりうろたえてしまった。〈なんというやつだ。まったく、わけがわからなくなった！〉

「どうして、そんな月並な質問をするのだね？……まあ、わたしに言わせれば、そう、千倍くらいだね！……」

青年の目に、貪欲な喜びの色が閃いた。

「巨大な有機体が生ずるのですか？」

「いや、そんなものではない！　そう、たしかに、わたしの実験で得られた有機体は普通のものよりは大きいが……まあ、新しい特質をいくぶんもっている……しかし、ここで重要なのは、大きさではなくて、繁殖の信じがたい速度です」とペルシコフはうっかり口をすべらせ、すぐさま後悔し、恐怖にかられた。青年は手帳の一ページをすっかり書きつくすと、つぎのページをめくって、さらに書きつづけた。

「これは書かないでほしい!」ペルシコフは、自分が青年の掌中に握られてしまったことを感じながら、絶望的になり、声をからして言った。「何を書いているのだ?」

「二昼夜のうちに、ひとつの卵から二百万匹のおたまじゃくしが得られるというのは本当ですか?」

「いくつの卵からだって?」とペルシコフは叫び、ふたたびいらいらしはじめた。「これまでに卵を見たことがあるのかね……そう、たとえば雨蛙の卵を?」

「半ポンドの卵からでしょうか?」と青年は臆せずにたずねた。

ペルシコフは顔をまっかにした。

「そんな尺度で卵を計測する者がどこにいる? ちぇっ! なんということを言うのだね? まあ、もちろん、半ポンドもの雨蛙の卵をとってきたら……そのときには、おそらく……畜生、まあ、そのくらいか、あるいは、それよりもはるかに多くのおたまじやくしができるかもしれんが！」

青年の目にはダイヤモンドが燃えはじめ、さらに一ページを一気に書きとばした。

「世界の畜産業に大革命をもたらすということは本当でしょうか？」

「まったく、ジャーナリストの質問ときたらかなわん」ペルシコフは唸った。「それにだいたい、ばかばかしいことを書くのを許可していないのだよ。その顔を見ているだけで、なにかいまいましいことを書いているのがすぐにわかる！」

「教授のお写真を一枚、拝借いたしたいのですが」と青年は言い、手帳をぱたんと閉じた。

「何だって？　わたしの写真を？　雑誌に使おうというのかね？　いま、あなたが書いているばかげた記事といっしょに載せようというのだね。そんなものはありません、ない、ないよ……それに、わたしは忙しいのだ……さあ、頼むから帰ってくれ！」

「古い写真でも結構ですが。すぐにお返しいたします」

「パンクラート！」教授はかっとなって叫んだ。

「それでは、失礼します」と青年は言って、立ち去った。

パンクラートの返事のかわりに、なにか奇妙な規則正しい機械の軋みと、床をこつこつと鳴らす金具の音がドアの向うに聞こえ、間もなく、ゆったりとしたジャンパーを着こみ、厚手のウールのズボンをはいた異常なまでにふとった男が研究室に入ってきた。義足の左足が金属質のやかましい音を立てているのだったが、手には鞄《かばん》を持っていた。きれいにひげを剃りあげ、黄色みをおびたゼリーでも塗ったみたいな丸い顔に、愛想のよい微笑を浮かべていた。男は軍隊式に教授に頭をさげて、身体をまっすぐに伸ばしたが、そのために足がばねのようにがちゃりと音を立てた。ペルシコフはあっけにとられて、口もきけなかった。

「教授」見知らぬ男はいくぶんかすれてはいるものの、感じのよい声で切りだした。「研究に没頭されているところ、わたしのような者がお邪魔したことをお許しください」

「ジャーナリストかね？」とペルシコフはたずねた。「パンクラート！」

「いいえ、そうではありません、教授殿」とふとった男は答えた。「はじめまして、わたしは遠洋航海の船長で、人民委員部の出している『産業通報』紙の記者でもありますが」

「パンクラート！」ペルシコフはヒステリックに叫んだが、それと同時に、部屋の隅の赤い信号がぱっと閃き、電話のベルが鈍く鳴った。「パンクラート！」と教授はくり返した。

「もしもし……」

「フェルツァイエン・ジ・ビッテ、ヘル・プロフェッソル（もしもし、教授ですか、失礼しますが）」電話からドイツ語のしわがれた声が話しはじめた。「ダス・イッヒ・シュテーレ。イッヒ・ビン・アイン・ミタルバイテル・デス・ベルリーネル・ダーゲブラッツ（ちょっとお邪魔させていただきます。わたくしは『日刊ベルリン』の記者です）」

「パンクラート！」教授は送話器に向かってどなった。「ビン・モメンタール・ゼル・ベシェフティクト・ウント・カン・ジ・デスハルプ・イエッツト・ニヒト・エンプファンゲン！（わたしはいま忙しいのです、お相手をしている暇はありません）パンクラート！」

このとき、研究所の正面玄関でベルが鳴りはじめた。

＊

「ブロンナヤ通りの悪夢のような殺人！」さまざまな車輪と街灯の明かりとが交錯し、ありとあらゆる光が氾濫し、昼間の暑さが冷めやらぬ六月の舗装道路のここかしこで不自然にしわがれた声が喚きたてていた。「長司祭未亡人ドロズドワの養鶏場に、悪夢のような疫病の発生、未亡人の写真つき！……ペルシコフ教授の発見した悪夢のような生命光線！」

ペルシコフは危うく自動車に撥《は》ねられそうになるほど、ぼんやりとモホワヤ通りを歩いていたが、すさまじい勢いで新聞を引っつかんだ。

「お客さん、三コペイカ！」新聞売りの少年は叫び、すぐさま歩道の人ごみに割りこんで行き、「夕刊『赤いモスクワ』、X光線の発見！」と、どなりはじめた。

ペルシコフは新聞をひろげ、愕然として街灯の柱にしがみついた。二面の左隅のインクのずれた枠のなかから、視力の弱そうな、狂気じみた目つきをして、下顎を垂らした禿頭《はげあたま》の男がこちらを見ていたが、これはアリフレッド・ブロンスキイの描いたものである。その素描の下には、《謎の赤色光線を発見したペルシコフ教授》と書かれてあった。さらにその下には、《世界の謎》という見出しをつけて、つぎのような文章で記事がはじまっていた。

《「おかけください」と碩学のペルシコフ教授は愛想よくわたしたちに言った……》

その記事の下には、《アリフレッド・ブロンスキイ(アロンゾ)》と麗々しく署名が入っていた。

緑色がかった光が大学の屋上に舞い上がり、《語る新聞》という電光文字が空に飛びあがり、それと同時に、群衆がモホワヤ通りを埋めつくした。

《「おかけください！」突然、屋上の拡声器を通して、不愉快きわまりない甲高い声、アリフレッド・ブロンスキイにそっくりな声を千倍に拡大した声が吠えだした。「碩学のペルシコフ教授は愛想よくわたしたちに言った！　かねがね、わたしの発見の結果をモスクワのプロレタリアートに紹介したいと念じておりました……」》

金属質の低い軋みがペルシコフの背後で聞こえ、だれかが袖を引っぱった。ふり返ると、義足の持主の黄色い丸顔が目に入った。男の目は涙にうるみ、唇はわなわなと震えていた。

「教授、あの驚嘆すべき発見の結果を、わたしには教えてくださらなかったのですね」男は悲しげに言って、深くため息をついた。「十五ルーブリを貰いそこないましたよ」

男は、目に見えぬアリフレッドが拡声器の黒い口のなかで狂暴にわめきちらしている大学の屋上を悲しげに見上げた。どういうわけか、このふとった男がペルシコフには、可哀相に思えてきた。

「わたしは」空から流れてくる言葉を一語も聞きもらすまいと、憎悪をこめて耳を傾けながらペルシコフはつぶやいた。「おかけください、などと言った覚えはない！　あの男ときたら、なんとずうずうしいやつなのだ！　どうか許してほしいのだが、実際のところ、仕事中に押し入られると……いや、もちろん、あなたのことを言ってるのではありませんけど……」

「教授、それでは、せめて暗室の構造だけでも教えていただけませんか？」取り入るように、そして悲痛な調子で義足の男は言った。「だって、こうなったら、あなたにしてみれば、どうせ同じことでしょう……」

「三日間で、半ポンドの卵から、かぞえきれないほどの数のおたまじゃくしが孵《かえ》る」と目には見えぬ男が、拡声器で吠えていた。

モホワヤ通りでは、自動車が鈍いクラクションを鳴らしている。

「ほう、ほう、ほう……とんでもない、ほう、ほう、ほう……」群衆は頭をのけぞらせて、ぶつくさと喚きつづけている。

「この卑劣漢ときたらどうです？　え？」と憤慨のあまり身を震わせながら、ペルシコフは義足の男に囁《ささや》いた。「あなたはどう思います？　そうだ、あの男を告訴してやる！」

「ひどい話ですよ！」とふとった男は賛成した。

このとき、まぶしい紫色のフラッシュの光が教授の目に飛びこみ、街灯の柱も、木煉瓦《トルツ》で舗装された道路も、黄色い壁も、好奇心にみちた人々の顔も、周囲のいっさいのものがぱっと燃えあがった。

「教授、あなたの写真を撮っているのですよ」とふとった男は感嘆したように囁き、まるで錘《おもり》のように教授の袖にぶらさがった。空中でシャッターを切る音がした。

「みんな、くたばってしまえ！」ペルシコフは悲しげに言い、錘をぶらさげたまま群衆のなかから脱け出そうとした。「おうい、タクシー。プレチステンカまで！」

塗料の剝げかかった旧式の一九二四年型の自動車が歩道のそばでエンジンをふかしはじめたので、まといついてくるふとった男を振り放そうとつとめながら、教授は座席にもぐりこんだ。

「邪魔をしないでくれ」彼は文句を言い、紫色のフラッシュの光から拳で顔を隠した。

「読んだかい?!　何を喚いている？……ペルシコフ教授が子供もろともマーラヤ・ブロンナヤ通りで斬り殺されたのだ！」周囲の群衆のなかで叫び声があがった。

「わたしには子供なんか一人もいやしない、畜生め」とペルシコフはどなったが、突然、黒いカメラの焦点に入ってしまい、口を開け、目にはげしい怒りを表わした横顔が写真に撮られた。

「ぶう……ぶう……ぶう」タクシーは唸り声を立てて、人ごみのただなかに突入した。ふとった男はすでに座席に納まり返って、教授の脇に寄り添っていた。

第五章　鶏事件の顚末

かつてトロイツクと呼ばれ、現在はステクロフスクと呼ばれている*コストロマ県ステクロフ郡にある小さな町で、旧大聖堂通り、いまはペルソナル通り*と改称された通りに建っている小さな家の正面階段に、花束の更紗模様入りのグレーのワンピースを着、髪をスカーフで束ねた女が出てくるなり、わっと泣きだした。この女というのは、旧大聖堂のもと長司祭の未亡人ドロズドワであったが、あまりに大きな声で泣きたてたので、間もなく、通りをはさんだ向い側の家の窓が開き、柔らかなウールのショールをかぶった女が頭を突き出して、叫んだ。

「どうしたのです、ステパーノヴナ、またですか?」

「これで十七羽目だよ!」とドロズドワが泣きじゃくりながら答えた。

「あら、あら」ショールをかぶった女は哀れっぽい声を出し、頭を振った。「どういうことでしょう? 神さまがお怒りになったんですよ、きっと! だけど、本当にくたばっちまったのかしら?」

「そうだとも、おまえさん、見ておくれ、見ておくれよ、マトリョーナ!」大声で、つらそうにすすりあげながら、長司祭の未亡人はもぐもぐと言った。「見ておくれよ、どんなふうになっているか!」

傾きかけた灰色の木戸がぱたんと鳴り、埃だらけのでこぼこ道を女の素足が音を立てて横切ったかと思うと、涙で顔じゅうびしょ濡れにさせた未亡人が、マトリョーナを鶏舎に連れて行った。

ここで言っておかなければならないが、一九二六年に反宗教運動に心を痛めながらこの世を去った長司祭サヴワーチイ・ドロズドフの未亡人は、夫に先立たれても落胆することなく、注目すべき養鶏業をはじめたのだった。未亡人の事業が軌道に乗りはじめるや、重税を課されるようになったので、親切な人々がいなかったら、養鶏業も危うく破綻するところであった。親切な人々は、未亡人に知恵をつけて、労働者養鶏共同組合なるものの設立申請書を地方当局に提出するように助言したのである。共同組合の構成員となったのはドロズドワ自身と、忠実な女中であったマトリョーシカ、それに未亡人の姪にあたる口の利けぬ娘の三人だった。未亡人の税金は免除となり、養鶏業は繁栄の一路をたどり、二八年には、いくつもの鶏舎で囲まれた埃っぽい中庭を歩く鶏の数は二百五十羽にも達し、そのなかにはコーチン種*さえも混じるほどになった。未亡人の鶏卵は日曜ごとにステクロフスクの市場に現われるようになったばかりか、タンボフ市でも売買されるようになり、ときによると、以前からあったモスクワの《チーチキンのチーズとバター店*》のショーウィンドーに並ぶことさえあった。

ところが、彼女の可愛がっていたブラマ種*という鶏冠《とさか》のある雌鶏《めんどり》が、今朝から、ひどく苦しげに吐いたりしながら中庭を歩きまわっていたのだが、このような状態になった鶏は、かぞえてみると、これで十七羽目だったのである。「エル……ルル……ウルル……ウルル、ホ・ホ・ホ……」と鶏冠のある雌鶏は鳴き、あたかもこれが見納めだといわんばかりに、悲しげな目を太陽のほうに向けた。この雌鶏の鼻先で、組合員のマトリョーシカが水の入ったカップを手に、腰を落として踊っていた。

「とさかちゃん、可愛いおまえ……とう、とう、とう……水をお飲み」とマトリョーシカは祈るように言い、カップを突きつけて、雌鶏の嘴《くちばし》を追いまわしながら水を飲ませようとしたが、雌鶏のほうはどうしても飲もうとはしなかった……雌鶏は嘴を大きく開け、首をまっすぐに空に伸ばした。それから、血を吐きはじめた。

「ああ、可哀相に！」向かいの家から駈けつけたマトリョーナが叫び、両股をぽんとたたいた。「いったい、どうなっているのだろうね？　血がどんどん流れ出ている。まるで人間みたいに、鶏が胃の痛みに苦しんで動けなくなるなんて、一度だって見たことはないよ」

これが哀れな雌鶏に送られた最後の別れの言葉となった。突然、雌鶏はばったりと横に倒れ、頼りなげに嘴で埃を突ついたかと思うと、目を白黒させはじめた。それから背中を地面につけ、両足をぴんと上に伸ばしたまま、動かなくなった。マトリョーシカはカップの水をこぼし、低い声で泣きはじめ、共同組合議長の長司祭未亡人もそれに声を合わせて泣きだしたが、その耳に口を寄せて、客のマトリョーナは囁いた。

「ステパーノヴナ、これはきっと、だれかがあんたの鶏を破滅させようとしているんですよ。こんな話って、どこにあるものですか！　こんな鶏の病気なんてあるはずないじゃないですか！　だれかが鶏に呪いをかけたのよ」

「ああ、口惜しい！」未亡人は空を仰いで叫んだ。「なんだって、わたしを殺そうとするの？」

その言葉に応えるかのように、雄鶏《おんどり》のけたたましい鳴き声が聞こえ、それから鶏舎のなかから、ところどころ羽根が脱け落ち、胴のあたりの引き締まった一羽の雄鶏が、まるで居酒屋からふらつく足取りで出てきた酔っぱらいのように、なぜか身を斜めにして飛び出してきた。雄鶏は野獣のようにけわしい目をむいて女たちのほうをにらみ、その場でしばらく足をじたばたさせて、鷲みたいに翼をひろげたが、どこへも飛び立てず、綱につながれた馬のように、中庭をぐるぐるまわりはじめた。三周目をまわり終ると、雄鶏は立ちどまり、吐き気を催したのか、咽喉《のど》を振りしぼるようにして吐きはじめ、まわり一面に血を吐き散らしたかと思うと、くるりとひっくり返り、両足をマストのように太陽に向かってぴんと突き上げた。女たちの泣き声が中庭じゅうに響きわたった。それに応えて、鶏どもの不安げな鳴き声、羽ばたき、騒がしい物音が鶏舎から聞こえてきた。

「ほら、これが呪いの結果じゃないの？」マトリョーナは勝ち誇ったように言った。

「セルゲイ神父さんを呼んで、供養をしてもらわなければ」

その日の夕方の六時ごろ、太陽がまっかな顔を輝かせながら、いくつもの若い向日葵《ひまわり》の顔のあいだに低く落ちかかったとき、大聖堂の主任司祭であったセルゲイ神父は、養鶏場の中庭で祈禱をすませると、法衣の肩帯をはずした。物見高い人々の頭が、古ぼけた板塀の上やその裂け目などから覗いていた。深い悲しみに打ち沈み、十字架にキスした未亡人は、涙でぐっしょりと濡れ、破れかかった鮮黄色の一ルーブリ紙幣をセルゲイ神父に渡したが、神父のほうはため息をつきながら、こんな事態はわたしたちにたいする神さまの罰であるとかなんとか言った。そのときのセルゲイ神父の顔には、なぜ神さまがお怒りになったのか自分はよく知っているのだが、それを口には出せないだけなのだ、というような表情が浮かんでいた。

そのあと、群衆はそれぞれ通りから立ち去ったが、鶏どもは早くから小屋に引きこもっていたので、ドロズドワの隣家の鶏小屋でも、三羽の雌鶏と一羽の雄鶏がいちどきに息を引き取ったのは、だれ一人として知る者はなかった。これらの鶏もドロズドワの鶏と同じように、みんな吐き気を催したのだったが、閉めきった鶏小屋のなかで、ひっそりと死んでいった。雄鶏はとまり木から頭を下にして転落し、その姿勢のままで死んだ。

ドロズドワの鶏について言っておくならば、神父の祈禱の直後に一羽残らず死んでしまい、そして暗くなったころには、鶏舎には死の静寂が支配し、冷たくなった鶏の屍骸が積み重なるように横たわっていた。

翌朝、町の人々が起きだすと同時に、この鶏の事件が大がかりで奇怪千万な様相を呈したのを知って、落雷に打たれたようなはげしい衝撃を受けた。ペルソナル通りで昼まで生き残った鶏といえば、郡の財務監督官が借りていた町のいちばんはずれにある家の鶏三羽だけだったが、それも、午後一時前には死んでしまった。夕方になると、ステクロフスクの町は蜂の巣を突ついたような騒ぎにわき返り、《疫病》という恐ろしい言葉が町じゅうにひろまった。ドロズドワの名前は、『赤い戦士』と題する地方紙の「はたして鶏のペストか？」という見出しの記事に載せられ、それからすぐに、モスクワまで伝わったのであった。

＊

ペルシコフ教授の生活は、不安と興奮につつまれた奇妙な色彩をおびはじめた。ひとことでいえば、このような状態で研究をつづけることはまったく不可能となった。しつこくつきまとうアリフレッド・ブロンスキイをどうにか追い払った翌日、教授は動物学研究所の自分の研究室にある電話の受話器をはずして、通話できないようにしなければならなくなったが、夕方、オホートヌイ通りを市電に乗って通っていたとき、《労働者新聞》と黒い文字で書かれた大きな建物の屋上に、自分自身の姿を見いだした。そこにあった彼、つまり教授は小刻みに震えたり、顔を蒼白にしたり、またたきしながらタクシーの座席に乗りこみ、そのあとから、袖にとりすがるようにして、厚手のウールのズボンをはいた、ふとった義足の男が乗りこむ。屋上の白いスクリーンに映る教授は、拳を作って紫色のフラッシュをさえぎろうとしている。つづいて、電光文字が飛び出してくる。《ペルシコフ教授、自動車で帰宅の途中、有名な本社記者ステパーノフ大尉に説明》そのとおり、ヴォルホンカ通りの大聖堂のそばを一台の自動車が車体を揺すりながら走り、車内では教授がもがきまわり、その顔は猟犬に追いつめられた狼のようになっている。

「なんという恥知らずだ、人間じゃない」動物学者は口ごもるようにしてつぶやき、そのまま通り過ぎた。

その日の夜、プレチステンカの自宅に帰ると、動物学者は留守中にかかってきた電話番号が十七も書きつけられ、さらに、「わたしはまったく閉口させられました」という付記のあるメモを家政婦のマリヤ・ステパーノヴナから受けとった。教授はメモを引き裂こうとしたが、それをやめたのは、ある電話番号の下に《保健人民委員》と書かれているのを見たためである。

「これはなんだろう?」変わり者の学者は、心の底から不思議に思った。「何が起こったのだろうか?」

その晩の十時十五分に呼び鈴が鳴り、驚くほどめかしこんだ一人の紳士と会う破目になった。教授がこの客を受け入れようと決心したのは、《在ソヴェト共和国外国通商代表部全権委員》と印刷された(姓名はなかった)名刺のせいであった。

「どうとでもなれ」とペルシコフは唸り、拡大鏡となにかの図表を緑色のフェルト張りのテーブルの上に投げ出して、マリヤ・ステパーノヴナに言った。「ここに、書斎にお通ししてくれ、その全権委員を」

「何のご用です?」全権委員が顔をいくぶんしかめるほどきびしい口調でペルシコフはたずねた。ペルシコフは眼鏡を鼻から額に持ち上げ、それからまたもとに戻して、訪問客をじろじろと見まわした。客は、ニスでも塗ったみたいに、また宝石でもちりばめたみたいに顔を光り輝かせ、右の目には片眼鏡を当てていた。〈なんというやらしい面《つら》だ〉と、なぜかペルシコフは思った。

客はいきなり問題の核心に迫るのではなく、遠まわしに攻めようと考えたものらしく、まず最初、葉巻を吸ってもよろしいですかと許可を求めてきたので、ペルシコフは不満ながらも椅子をすすめないわけにはゆかなかった。それから客は、夜おそく訪問したことを長々と釈明して、こう言った。「ですけど……教授を昼間つかまえることは……ひ、ひ、ひ……パルドン(失礼)……あなたにお目にかかることは不可能なもので」客はまるでハイエナのように、すすり泣くような笑い声をあげた。

「そう、わたしは忙しいもので！」ペルシコフがひどくそっけなく答えたので、客は、またしても顔をしかめた。

それでも、客は、高名な学者の迷惑になることを、あえてやめようとはしなかった。

「時は金なりとは、よく言ったものですね……葉巻を吸っても、ご迷惑ではありませんか？」

「うむ、む、む」とペルシコフは答えた。結局、許すことになった……

「教授は生命光線を発見されたそうですね？」

「とんでもない。生命光線とは何です?! そんなものは、新聞屋どものでっちあげですよ!」ペルシコフは急に活気づいて言った。

「いや、そんなことはありません、ひ、ひ、ひ……本物の学者ならだれもがもっておられる謙譲の美徳というものを、よく承知しております……そんなことは、いまさら言うまでもないことですが……今日の新聞には、いろんな電報が載っていましたよ……世界じゅうの都市で、たとえば、ワルシャワやリガでも、あの光線のことはもうひろく知れわたっています。全世界がペルシコフ教授の名前をくり返しているのです……全世界が息を殺して、ペルシコフ教授のご研究を注目しているのです……しかるに、ソヴェト・ロシアにおける学者の置かれている境遇がどれほど苛酷なものか、だれでもよく知っております。アントル・ヌー・スワディ(ここだけの話ですけど)……ここには、わたしたちのほかにはだれもいませんね?……ああ、嘆かわしいことに、この国では、学者の仕事を評価する方法を知らないのです、それで、教授と折り入ってご相談したいと思ったしだいです……ペルシコフ教授のために、まったく欲得をはなれて研究活動を援助したいと、外国のある国家が申し出ているのです。この国では、聖書にもあるように、《豚に真珠》ではありませんか。その国家は、一九一九年から二〇年にかけて、あの、ひ、ひ……革命のときに、教授がどれほどつらい思いをされたかをよく知っております。もちろん、これは厳重な秘密です……教授が研究の成果をそっと教えてくださりさえすれば、資金のほうは国家が全面的に引き受けるというわけです。暗室をお作りになったそうですが、暗室の設計図でも見せていただければ……」

そう言って、客はすぐさまジャケットの内ポケットから雪のようにまっ白な札束を取り出した……

たとえば手付金として、五千ルーブリくらいの端金《はしたがね》なら、いまこの場でも教授に差し出すことができます……領収証もいりません……領収証のことを口にするなんて、通商代表部全権委員を侮辱するようなものです、というわけである。

「出て行け！」不意にペルシコフが恐ろしい声でどなりだしたので、客間のピアノが鍵盤のかぼそい音を響かせたほどだった。

客はすばやく姿を消したが、憤怒に身を震わせていた教授は、一分もすると、あの男が本当にここにやってきたのか、それとも単なる幻覚だったのか、自分でも信じられなくなったくらいである。

「あいつのオーバーシューズだろう?!」ほどなくして、ペルシコフは玄関で唸るように言った。

「忘れていかれたのです」マリヤ・ステパーノヴナがわなわなと震えながら答えた。

「捨ててしまえ！」

「どこに捨てればよいのです。取りにみえますよ」

「住宅管理委員会に渡しておけ。受領証を貰ってな。こんなオーバーシューズなんか、匂いも嗅ぎたくない！　委員会に持って行け！　スパイのオーバーシューズを引き取ってもらうのだ！」

マリヤ・ステパーノヴナは十字を切りながら立派な革製のオーバーシューズを取りあげ、裏口のほうに持って行った。ドアの蔭にしばらく立っていたが、それからオーバーシューズを物置に隠した。

「渡してきたか？」ペルシコフはまだ怒り狂っていた。

「はい、渡してきました」

「受領証を貰っておこう」

「それが、ウラジーミル・イパーチイチ。議長が文字を書けませんので！」

「いますぐ必要なのだ。行ってこい。受領証を貰ってくるのだ。だれでもいい、議長のかわりに字の書ける者に署名させるのだ！」

マリヤ・ステパーノヴナは首を横に振っただけで出て行き、十五分後に受領証を持って戻ってきた。

《ペルシコフ教授よりオーバーシューズを一足、確かに受領いたしました。コレソフ》

「これは何だ？」

「バッジです」

ペルシコフはバッジを足で踏みつぶし、受領証を文鎮の下に隠した。それから、ある思念が、突き出た額を曇らせた。電話に駆け寄り、動物学研究所のパンクラートを呼び出し、「なにも変わったことはないか？」とたずねた。パンクラートがなにかぶつぶつつぶやいている声が受話器から聞こえてきたが、それはどうやら、べつに異常はないように思うという意味らしかった。しかし、ペルシコフが落ちついていられたのは、ほんの一分間だけだった。顔をしかめながら、もう一度、電話にしがみつくと、送話器に向かってこう言った。

＊

「もしもし、ええと、何と言ったかな、ルビャンカをお願いします。メルシ（ありがとう）……だれに連絡したらよいのかわからないのですが……オーバーシューズを履いた不審な男がやってきましたので、ええ……第四大学の教授、ペルシコフです……」

電話は突然ぷつりと会話を断ち切ってしまった。ペルシコフはなにやらぼそぼそと悪態をつきながら、電話のそばを離れた。

「お茶を召し上がりますか、ウラジーミル・イパーチイチ？」マリヤ・ステパーノヴナが書斎を覗きこんで、おずおずとたずねた。

「いや、お茶なんか、まったく飲みたくない……うむ、む、む、畜生、みんな、どうとでもなれ……どいつもこいつも、気が狂っているのだ」

それからちょうど十分たったとき、教授は新しい客たちを書斎に迎え入れた。一人は丸顔の感じのよい男で、態度もきわめて丁重で、地味なカーキ色の軍服を着、乗馬ズボンをはいていた。鼻の上には、まるで水晶の蝶のような鼻眼鏡があった。全体として、この男はエナメル靴を履いた天使という感じだった。もう一人は小柄な男で、おそろしく陰気そうな顔をし、スーツを着ていたのだが、それがいかにも窮屈そうに見受けられた。三人目の客はほかの二人とはちがって書斎には入らずに、薄暗い玄関ホールに残っていた。それでも、そこからも、電灯があかあかとともり、たばこの煙がもうもうと立ちこめている書斎が見透せるのだった。やはりスーツを着ていたこの第三の男は、淡い色のついた鼻眼鏡をかけていた。

書斎の二人は、名刺を眺めまわしたり、五千ルーブリのことをこまかに質問したり、その客の人相を説明させようとしたりして、ペルシコフをうんざりさせた。

「だいたい、だれが知るものですか」ペルシコフは不機嫌そうにぶつぶつ言った。「いや、見るからに不愉快になる顔でしたよ。まあ、退化動物の一種ですな」

「片方の目が義眼だったのじゃありませんか？」小柄な男がしわがれ声でたずねた。

「そんなこと、わかるものですか。いや、そうはいっても、義眼ではなかった、両方の目とも、落ちつきなく動いていましたよ」

「ルビンシュテインじゃないかな？」天使のような男は小柄なスーツの男に低い声で問いかけた。しかし、相手は眉をひそめて、打ち消すように首を横に振った。

「ルビンシュテインだったら、どんな場合でも、領収証も取らずに金を支払ったりはしない」と彼はつぶやいた。「これはルビンシュテインの仕業じゃない。だれかもっと大物の仕業にちがいない」

オーバーシューズの一件は客たちにはげしい興味を呼びさました。天使が住宅管理委員会に電話をかけ、「こちらは国家政治保安部だけど、住宅管理委員会書記コレソフに、オーバーシューズを持って、大至急、ペルシコフ教授のところまで来るようにと伝えてもらいたい」と手短に言うと、間もなく、コレソフはまっさおな顔をして、両手でオーバーシューズを抱えて、書斎に現われた。

「ワーセンカ!」天使はあまり大きくない声で、玄関ホールに腰をおろしていた男を呼んだ。こちらはのろのろと立ちあがり、まるでばねのゆるんだ機械人形のようにゆっくりと書斎に入ってきたが、淡い鼻眼鏡が目をおおい隠していた。

「何ですかね?」彼は短くたずねた。

「オーバーシューズだ」

鼻眼鏡越しに、眠そうな目がオーバーシューズをすばやくかすめたが、このとき、眼鏡の奥で、ほんの一瞬、眠そうなどころか、驚くほど鋭く射すくめるような目がきらりと光ったようにペルシコフには思われた。しかし、それもすぐに消えてしまった。

「どうだ、ワーセンカ?」

ワーセンカと呼ばれた男は元気のない声で答えた。

「どうって、わかりきっているじゃありませんか。ペレンジコフスキイのオーバーシューズですよ」

一瞬にして、住宅管理委員会はペルシコフ教授からの贈物を取り上げられた。オーバーシューズは新聞紙のなかに姿を消した。軍服を着た天使は喜びに有頂天になって立ちあがり、教授の手をきつく握り、これは教授にとって名誉となる行為であるという内容の一場の演説まで試みたほどだった……教授はもう心配することはないだろう……これからは研究所でも自宅でも、だれ一人として迷惑をかける者はいなくなることだろう……当局はただちにしかるべき処置を講ずるから、暗室もまったく安全であるというわけだった。

「ついでに、新聞記者どもを全員銃殺に処するわけにはゆかないものでしょうか？」

とペルシコフはたずね、眼鏡越しに客を眺めた。

この質問は、客たちの気分をすっかり浮き立たせた。しかめ面をした小柄な男ばかりか、玄関ホールにいた淡い色のついた鼻眼鏡の男までも、思わず顔をほころばせたほどである。天使は鼻眼鏡を光らせ、顔じゅうに微笑を浮かべて、それは不可能である、と説明した。*

「だけど、さきほどここに来た悪党というのは、いったい何者なのです？」

すると、一同の微笑はたちまち消え失せ、天使は、これは小物の詐欺師の仕業で、べつに気にかけることはないと言葉を濁して答えただけだったが、それでも、今夜の出来事は厳重な秘密にしておいてほしいと教授にかたく念を押して、客たちは引きあげた。

　ペルシコフは書斎に戻って、図表を取りあげたが、仕事に専念することはやはり不可能だった。火の玉を投げ出すみたいに電話がけたたましく鳴り、ひじょうに情熱的で面白い未亡人がいて、おまけに、七室からなる住居を持っているのですが、その未亡人と結婚する気持はありませんか、と女の声がたずねてきた。ペルシコフは電話に向かってどなりつけた。

「精神病専門のロッソリモ教授*にでも治療してもらうことをおすすめしますよ……」

　つづいて第二の電話がかかってきた。

　今度は、ペルシコフもいくぶん態度を軟らげたが、それというのも、かなり名前の知られた人がクレムリンから電話をかけてきて、同情のこもった調子でペルシコフの研究のことを長々と質問したあげく、研究所を訪問したいという希望を述べたからである。電話から離れると、ペルシコフは額の汗を拭って、受話器をはずした。そのとき、階上の部屋から、すさまじいトランペットの音が轟き、ワルキューレの悲鳴*が聞こえてきたが、ラシャ・トラストの理事長がボリショイ劇場のワグナー・コンサートを自宅のラジオで聴いていたのである。天井から降りかかってくる泣き叫ぶ声と轟音を耳にしながら、ペルシコフはマリヤ・ステパーノヴナに向かって、自分はあの理事長を告訴してやる、あのラジオをたたきこわしてやる、これはどうやら、みんなが寄ってたかって自分を追い出そうとしているのだ、それなら、どこへでもいいからモスクワを出て行ってやる、と宣言した。彼は拡大鏡をたたき割り、書斎のソファに横になり、ボリショイ劇場の中継放送で、有名なピアニストの軽快なピアノの音を聴いているうちに、いつしか眠りこんでしまった。

予期せぬ出来事は翌日も続いた。ペルシコフが市電で研究所に到着すると、玄関の階段のところに、流行のグリーンの山高帽をかぶった見知らぬ男が待ち受けているのが目に入った。男は注意深くペルシコフをみつめていたが、なにひとつ質問もしなかったので、ペルシコフは我慢していた。しかし、研究所の玄関を入ると、途方に暮れたようなパンクラートのほかに、もう一人、山高帽をかぶった男がいて、立ちあがってペルシコフを迎えると、丁寧に挨拶してきた。

「お早うございます、教授」

「何のご用です?」パンクラートに手伝わせてコートを脱ぎながら、ペルシコフは恐ろしい剣幕でたずねた。ところが山高帽の男はペルシコフをなだめ、ひどく穏やかな声で、なにも心配する必要はありません、と囁《ささや》いた。山高帽の男がここにいるのは、執拗な訪問者から教授を守るためである……そうすれば、教授は研究室のドアはもちろん、窓だっても気にせずに、研究に没頭できようというわけだった。それから、見知らぬ男はジャケットの襟の縁をすばやく裏返して、バッジを教授に示した。

「ふむ……それにしても、驚くほど手まわしがいいな」ペルシコフは唸るように言って、無邪気につけ加えた。「ところで、食事はどうなさるつもりです？」

この質問を聞くと、山高帽の男は薄笑いを浮かべて、交替制になっていますから、と説明した。

そのあと、三日間はなにごともなく過ぎた。クレムリンから二度ほど教授を訪ねてきたほかは、一度、学生たちが試験を受けにきただけだった。学生たちは一人残らず落第したが、彼らの顔を見ただけで、いまやもう教授が迷信的としかいいようのない恐怖を呼びさましていることがはっきり見てとれた。

「電車の車掌にでもなるのだな！　動物学を勉強する資格なんかない！」と、研究室から声が聞こえた。

「教授はきびしいのかね？」山高帽の男がパンクラートにたずねた。

「いや、きびしいのなんのって」とパンクラートは答えた。「かりに試験に合格して、首尾よく研究室から出てきたとしても、足はふらふらしている、汗はだらだらと流れている。その足で、ビヤホールにでも駈けこまなければならないといった状態で」

こんなこまごましたことのために、教授はあっというまに三昼夜を過ごしたが、四日目になって、ふたたび現実の生活に呼び戻される原因となったのは、通りから聞こえてきた、かぼそくて甲高い声であった。

「ウラジーミル・イパーチイチ！」研究室の開け放たれた窓に向かってゲルツェン通りから叫ぶ声があった。この声が好運であったのは、ここ数日のわずらわしさにペルシコフがすっかり疲れきっていたという事情による。ちょうどこのとき、ペルシコフは肘掛椅子に腰をおろして休息し、血走った目でぼんやりとあたりを眺めながら、たばこをふかしていたからである。もう辛抱しきれなくなっていたのだ。そういうわけで、いくぶん好奇心すら覚えて窓の外を覗いてみると、アリフレッド・ブロンスキイが歩道に立っているのが目に入った。教授はさきの尖った帽子と手帳から、その男が肩書きのたくさんある名刺の持主であったことをすぐに思い出した。ブロンスキイは愛想よく、恭しく窓に向かってお辞儀した。

「ああ、あなたでしたか?」教授は声をかけた。腹を立てるだけの気力もなかったし、このさき、いったい、どうなるかということが興味深く思われさえしたのだった。ブロンスキイと自分とは窓によって完全に遮断されていることからも、教授は自分が安全地帯にいるような気持になっていた。交替なしにずっと通りに立ちつづけていた山高帽の男が、すぐさまブロンスキイのほうに耳を向けた。ブロンスキイの顔には、いかにも嬉しそうな笑いがぱっとひろがった。

「教授、ほんの二分ばかりお邪魔させていただきたいのですが」ブロンスキイは声を張りあげて、歩道から話しだした。「ほんのひとつ、純粋に動物学的な質問をさせていただきたいのですが。よろしいでしょうか?」

「言ってみたまえ」そっけなく、皮肉な調子でペルシコフは答えて、〈それでもやはり、この悪党には、どことなくアメリカ的な調子のよさがある〉と思った。

「教授、鶏のためにどういうご意見がありますか?」ブロンスキイは両手を口に当てて叫んだ。

ペルシコフは驚いてしまった。窓台に腰をおろしたが、やがてそこから降りると、べルを押し、窓のほうを指で示しながらどなった。

「パンクラート、歩道に立っているあの男をお通ししなさい」

ブロンスキイが研究室に現われたとき、ペルシコフはきわめて愛想よく歓迎し、「おかけください」と椅子をすすめたほどだった。

するとブロンスキイは、感激のあまり満面に笑《え》みをたたえながら、回転椅子に腰をおろした。

「どうか説明してほしい」とペルシコフは口を切った。「新聞に書いたのはあなたですね？」

「確かに、そのとおりでございます」とブロンスキイは丁寧に答えた。

「それにしては、どうも理解できないのだがね、ロシア語を満足に話すことさえできないのに、どういうふうにして書くことができるのですかね。《ほんの二分ばかり》とか、《鶏のために》というのは何のことです？　きっと《鶏について》たずねたかったのでしょう？」

ブロンスキイは敬意をこめて、かすかに笑った。

「ワレンチン・ペトローヴィチ*が訂正してくれるのです」

「そのワレンチン・ペトローヴィチというのは何者です？」

「文芸欄の主任です」

「まあ、いいでしょう。もっとも、わたしは言語学者じゃないのですから。あなたのペトローヴィチのことは忘れることにしましょう。ところで、鶏について、いったい、何をお知りになりたいのです？」

「要するに、教授のおっしゃりたいことのすべてです」

そこで、ブロンスキイは鉛筆を取り出した。勝ち誇ったような火花がペルシコフの目に閃いた。

「それでしたら、わたしのところに来られたのは無駄足でしたね、鳥類の専門家ではありませんので。いちばんよいのは、第一大学のエメリヤン・イワノーヴィチ・ポルトゥガーロフ教授のところに行くことです。わたしの知っていることといえば、ほんの少しなのでね……」

ブロンスキイは感嘆したような微笑を浮かべて、教授の冗談をよく理解できたということを知らせようとした。《ほんの少ししか知らないとは冗談である》と、彼は手帳に書きつけた。

「もっとも、どうしてもというのでしたら、お話ししますが。鶏、つまり鶏冠《とさか》のついた鶏というのは……鶏目に属する鳥の一種……いや雉子《きじ》科には……」ペルシコフは、目の前にいるのがブロンスキイではなくて、何千という聴衆なのだとでも思ってか、遠くのほうに目をやって、大きな声で話しだした。「雉子科には……雉子がいます。鶏は厚い鶏冠を持ち、下顎にふたつの肉垂を持っている……ふむ……もっとも、顎のまんなかにひとつしか持っていないものもいるが……そう、それからほかに何かあったな。翼は短くて丸みをおび……尾は長からず短からず、いくぶん階段状をなしていて、いや、それよりも屋根のようなかたちをしているといったほうがよいくらいで、中央部の羽根は鎌のように曲がっている……パンクラート……標本室から標本七〇五号、雄鶏の標本を持ってきてくれ……いや、そんなものを見せるまでもないかな？……パンクラート……標本は持ってこなくてもよい……くり返して言いますけれど、わたしは専門家ではないので、ポルトゥガーロフのところに行ってくれたまえ。それはそうと、わたしにしても、野鶏《やけい》なら六種ぐらいは知っているが……ふむ、ポルトゥガーロフはもっとたくさん知っていることだろう……インドとマレー群島に棲んでいる。たとえばバンキ野鶏、別名カジントゥはヒマラヤ山脈の麓からインド全域、アッサム、ビルマなどで見受けられる……アオエリ野鶏、学名ガルス・ヴァリウスは、ロンボーク、スムバワ、フロレスなどにいる。ジャワ島には、ガルス・エネウスという注目すべき野鶏がいるし、インドの東南地方にはとても美しい灰色野鶏がいる……あとで、その絵をお目にかけよう。セイロン島のものとなると、そこではスタンリーという野鶏に出会うが、これなどはほかのどこにもいない野鶏だ」

ブロンスキイは目を見張って、鉛筆を走らせていた。

「ほかに、なにかお知りになりたいことは？」

「鶏の病気のことで、なにかお聞かせいただきたいのですが」とブロンスキイは小さな声で囁いた。

「ふむ、わたしは専門家ではないのでね……ポルトゥガーロフに質問してください……だけど、もっとも……まあ、条虫、吸虫類、疥癬性の壁蝨《だに》、皮膚病、鳥壁蝨、鶏につく虱《しらみ》あるいは羽虱、蚤《のみ》、鶏コレラ、クルップ・ジフテリヤ性粘膜炎……肺炎、結核、鶏疥癬……それればかりか、もっとほかにもある……(ペルシコフの目に火花が散った)……たとえば毒草による中毒、腫瘍、麻痺、黄疸、リウマチ、アホリオン・シェンレイニ茸による病気……これは面白い病気だけどね。発病すると、鶏冠の上に、黴《かび》に似た小さな斑点ができて……」

ブロンスキイは色物のハンカチで額の汗を拭いた。

「ところで、教授、今度の惨事の原因はいったい何だと思われますか？」

「惨事というと？」

「教授は新聞をお読みにならなかったのですか？」ブロンスキイは驚いた表情を浮かべて、皺くちゃになった『イズヴェスチヤ』を鞄《かばん》から取り出した。

「新聞は読まないことにしているもので」とペルシコフは答えて、眉をひそめた。

「でも、それはどうしてです、教授？」ブロンスキイは穏やかにたずねた。

「どうしてって、新聞にはどうせくだらんことしか出ていないからさ」ペルシコフはためらわずに答えた。

「ですけど、教授、どうしてこんなことが？」ブロンスキイは静かに囁いて、新聞をひろげた。

「何だって？」とペルシコフはたずねて、思わず立ちあがった。今度はブロンスキイの目に火花が散った。マニキュアを塗ったみたいに光っている尖った爪で、新聞の全ページに信じがたいほど大きな活字で印刷された、《共和国に鶏疫発生》という見出しを指した。

「何だって?」ペルシコフはたずね、額に眼鏡を持ち上げた。

第六章　一九二八年六月のモスクワ

モスクワの夜は明るく輝き、光が踊り、消えたかと思うとふたたび燃え上がった。劇場広場では、バスの白いヘッドライトや市電の緑色の明かりが渦巻き、革命前までミュール・メリリーズ百貨店であった建物の新たに増築された十階の屋上には、七色の電光で浮かびあがった女が、色とりどりの電光文字をひとつずつ投げ出して、《労働者信用金庫》と表現していた。夜には、さまざまな色の噴水を吹き上げるボリショイ劇場前の広場には、群衆が押し合いながらざわめいている。ボリショイ劇場の屋上では、巨大な拡声器が喚きたてていた。

「レフォルト獣医大学の鶏疫予防接種は輝かしい成果をあげた。今日の……死んだ鶏の数は半減した……」

それから拡声器は音色を変えて、なにやら呻くような音を立てていたが、劇場の屋上では、緑色の細い流れがぱっと燃え上がったかと思うと消えてしまい、拡声器のほうは、低音で訴えるように語りつづけている。

「鶏ペストとの闘争のために非常委員会が組織されたが、そのメンバーは、保健人民委員、農業人民委員、畜産部長プターハ・ポロシューク、ペルシコフならびにポルトゥガーロフの両教授……同志ラビノーヴィチ！……鶏ペストを契機に……新たな内政干渉の試みがなされつつある！」拡声器はジャッカルのように吠え立て、笑ったり、泣いたりしていた。

劇場通り、ネグリンヌイ大通り、そしてルビャンカは白や紫色の光線に照らし出され、さまざまな光にあふれ、クラクションの咆哮にみたされ、埃が渦巻いていた。あちらこちらの壁に貼られ、どぎつい赤いサーチライトに照らされた大きな告示の前に人々は黒山のように群らがって、文字を読んでいた。

《住民が鶏肉および鶏卵を食用にすることを厳禁し、それに違反した者は厳罰に処される。個人営業者で右の二品目を市場にて販売する者は、刑法に照らして全財産を没収される。鶏卵を所有している全市民はただちに管轄区内の民警に引き渡すこと》

『労働新聞』社の屋上のスクリーンには、天まで届くほどうず高く鶏の屍骸が積みあげられ、緑色の制服の消防隊が小刻みに動きまわり、火花を撒き散らしながら、ホースで石油を振りかけているのが映っていた。それから、赤い波がスクリーンいっぱいにひろがり、勢いの弱い煙が大きくふくらんだかと思うと、ちぎれ、ふとい流れとなって這ってゆき、《ホドゥインカ原における鶏の屍骸焼却》という字幕が炎の文字で出現した。

昼と夕方の食事時の二度の休憩を除くと、夜中の三時までずっと店を開いている商店の狂気じみて燃え輝いているショーウィンドーのなかで、《鶏卵商、品質保証》という看板のかかっている店だけは、窓を板で打ちつけていたので、まるで眼球《めだま》のない眼窩《がんか》のようにぽっかりと黒くなっていた。《モスクワ保健部、救急車》と書かれた自動車が不安げに唸りながら、ゆっくりと走っているバスを追い越し、巡回中の民警のそばを通り抜けて疾走してゆくのが頻繁に見受けられた。

「まただれか、腐った卵を食べたのだな」囁《ささや》きかわす声が群集のあいだで聞こえた。

ペトロフカ通りの全世界にその名を知られているレストラン《アンピール》は、緑やオレンジ色の光を輝かせていたが、店内のテーブルの電話のそばには、《当局の命令によりオムレツはご用意できません。新鮮な牡蠣《かき》が入荷いたしました》というカードが、リキュールのしみをつけて置かれてあった。
活気のない緑の植込みのあいだに中国風の小さな提灯がビーズ玉みたいに物悲しく点在しているエルミタージュ劇場のまばゆいばかりにどぎつい照明を浴びた舞台では、歌手のシラムスとカルマンチコフが、詩人のアルドとアルグーエフ*の作った諷刺歌を歌っていた。

ああ、ママ、卵もなしに、
わたしはどうしたらいいの？

そして、足を踏み鳴らしてタップ・ダンスを踊っていた。
周知のごとく、一九二七年、プーシキン作『ボリス・ゴドゥノフ』の上演時に、裸の封建領主を大勢のせたブランコが落下し、その下敷きとなった、いまは亡きフセヴォロド・メイエルホリド*を記念してその名をつけられた劇場は、さまざまな色の電光広告を出していたが、それによると、作家エレンドルグ*の書いた戯曲『鶏の死』が、メイエルホリドの弟子で共和国功労芸術家クフテルマンの演出によって上演されると予告されていた。その隣で、広告灯を交錯させてセミ・ヌードの女体を輝かせていたアクヴァリウム劇場の緑色の舞台では、割れるような拍手を浴びて、作家レニーフツェフ*のバラエティー・ショー『鶏の子ら』が上演されていた。トヴェルスカヤ通りでは、サーカスの驢馬が顔の両側に小さな電球をつけ、背中に電気仕掛けのプラカードをのせて、長い行列を作っていた。《コルシュ劇場*での、ロスタン『シャントクレール』再演》

新聞売りの少年たちは、自動車のタイヤのあいだをくぐり抜けながらわめきたてている。

「地下室における悪夢のような発見！　ポーランドの悪夢のような戦争準備！　ペルシコフ教授の悪夢のような実験！」

かつてのニキーチン・サーカス場の、馬糞の匂いのする肥沃な赤土をもりあげた舞台では、死人のように蒼ざめた道化役者ボムが、だぶだぶのチェックのジャケットを着たビムに話しかけている。

「おれは知ってるぜ、おまえがどうしてそんなにふさぎこんでいるのか！」

「どうして？」ビムは黄色い声でたずねた。

「土に埋めておいた卵が、十五地区の民警に見つけられたからだろう」

「は、は、は、は」サーカス場の観客は笑いを爆発させ、喜びと悲しみのあまり、血管の血もとまり、古くなった円天井に吊るしたブランコや蜘蛛の巣が揺れはじめたほどであった。

「はーい!」二人の道化役者が金切り声で叫ぶと、ふとった白馬が、すらりとした足にまっかなタイツをはいた絶世の美女を乗せて舞台にとびだしてきた。

*

思いもよらぬ栄誉を受けたペルシコフ教授は、ただ一人、感動を心に噛みしめながら、だれの顔も見ず、だれにも気をとめず、肘《ひじ》を突き、低い声でやさしく声をかけてくる淫売婦も無視して、マネージナヤ広場の電光時計を目ざしてモホワヤ通りを歩いて行った。ここでも、物思いにふけり、周囲に目を配らなかったために、時代遅れの奇妙な服装をした男にぶつかり、男の腰に吊るした木製のピストル・ケースに指をたたきつけられた。

「ああ、畜生!」ペルシコフは悲鳴をあげた。「いや、失礼」

「こちらこそ失礼」と、ぶつかってきた男は不快な声で答え、二人は、雑踏のなかをどうにか左と右に別れた。そして教授は、プレチステンカのほうに足を向けると、衝突のことなどすぐに忘れてしまった。

第七章　運　命

　レフォルト獣医大学の予防接種が実際に効果があったのか、サマラ州の鶏疫蔓延防止部隊の活動が手ぎわがよかったのか、カルーガとヴォロネジの両州が鶏卵仲買商にとった厳重な処置が成功したのか、あるいはモスクワ非常委員会の仕事が功を奏したのか、それらはすべて明らかではなかったが、しかしいずれにせよ、ペルシコフとブロンスキイの最後の会見から二週間後、共和国連邦では鶏の問題に関しては完全な結着がつけられたことだけは、まったく明らかとなった。地方の小さな町の裏庭のそこここに、鶏の羽根が物悲しげに散らばって人々の目に涙を誘っているのと、あちこちの病院で、食い意地のはった者たちが下痢や吐き気の症状から脱して、しだいに快方に向かっているのが、わずかに鶏事件の名残りをとどめているばかりだった。人命の犠牲が共和国全体で千を越すに至らなかったのは、幸運というべきであろう。また、大きな混乱も起こらなかった。確かに、ヴォロコラムスクには予言者が現われて、鶏の疫病死はほかならぬ人民委員のせいであると宣伝したという事実はあったが、これもたいした成功を収めることはできなかった。ヴォロコラムスクの市場で、百姓女から鶏を取りあげた民警の何人かが袋だたきにあったり、当地の郵便電信局の窓ガラスが破られたりもした。さいわい、ヴォロコラムスクの当局が迅速な処置をとった結果、まず第一に、予言者は活動を中止し、第二に、郵便電信局の窓にはガラスが入れられることとなった。

北に向かってアルハンゲリスクやシュームキン村まで行くと、疫病は、もはやそれよりさきには進めないという理由から進行をとどめたが、無論、白海には鶏は棲息していないのである。また、ウラジヴォストークでも、そのさきは海だったので疫病は進展しなかった。南の極地にあったオルドゥバート、ジュリファ、カラブラークなどの焦土地帯でも悪疫は勢いを失って鳴りをひそめたし、西のほうでは、不思議と、ポーランドとルーマニアの国境でぴたりと食いとめられた。気候のせいだったのか、それとも隣国の両政府の防疫線を敷いた処置が功を奏したのかはわからなかったが、いずれにせよ、疫病がそのさきに進まなかったことだけは事実である。外国の新聞雑誌は前代未聞のこの鶏疫のことをセンセーショナルに書き立てたが、ソヴェト共和国政府はいささかも騒ぎたてず、不眠不休で活動しつづけた。鶏疫撲滅非常委員会は共和国養鶏事業復興非常委員会と改称され、十六人からなる新しい特別三人委員会によって補強された。養鶏産業協会も創設され、ペルシコフとポルトゥガーロフがその名誉副会長に推された。新聞には二人の写真が掲載され、その下には、《外国で鶏卵を大量に購入》とか、《ヒューズ氏*、鶏卵キャンペーンを妨害》とかいう見出しが現われた。モスクワじゅうを狂喜させたのは、コレスキン*記者の書いた皮肉たっぷりな記事で、それは、「われわれの卵を欲しがらないでほしい、ヒューズ氏よ、あなたは自分の卵を持っているではありませんか！」という言葉で結ばれていた。

ペルシコフ教授は、ここ三週間ばかり仕事に追われどおしで、すっかり疲労しきっていた。鶏事件は生活を軌道から脱線させ、二倍の重荷を背負わせた。毎晩のように、さまざまな委員会に出席し、その合間には、アリフレッド・ブロンスキイや例の義足のふとった男との長い会見を辛抱しなければならなかった。さらにはまた、ポルトゥガーロフ教授、助教授のイワノフやボルンハルトと共同して、ペスト菌を検出するために、鶏を解剖したり検鏡したり、あるときには、『ペスト保菌鶏の肝臓の異常について』と題するパンフレットを、わずか三晩のうちに書き上げねばならぬことさえあった。

ペルシコフは鶏に関する仕事に格別の熱を入れていたわけではなかったが、それも無理からぬこと、ほかのことで頭がいっぱいだったからで、ほかのことというのは、基本的で重大な仕事、つまり鶏事件のために中断された赤色光線についての研究にほかならなかった。それでなくとも、かなり健康を害していた身体を酷使し、睡眠や食事の時間を割《さ》くようにして、ときにはプレチステンカの自宅にも帰らずに、動物学研究所の研究室のクロース張りのソファで仮眠をとるだけで、幾晩もぶっとおしに、暗室を操作したり、顕微鏡を覗きこんだりしていたのである。

七月も終り近くになると、騒ぎもひと段落した。改称された委員会の仕事も軌道に乗って、ペルシコフも中断された仕事に戻ることができた。顕微鏡には新しい標本が入れられ、暗室の光線のもとでは、まったく信じがたいほどの速度で、魚や蛙の卵が生長していった。特別に注文したレンズがケーニヒスベルクから飛行機で送られてきて、七月下旬には、イワノフの指示に従って技師たちが新たに二個の大きな暗室を組み立てたが、そこで作られた光線は、根もとのところでもたばこの箱ぐらいの幅があり、いちばんひろがったところでは、一メートルはじゅうぶんにあった。ペルシコフは嬉しそうに揉み手をしながら、どことなく神秘めいた複雑な実験にとりかかった。まず最初、ペルシコフは教育人民委員に電話をかけたが、相手は、蛙の鳴くようなきわめて愛想のよい声で、ありとあらゆる援助を惜しまないと約束してくれたので、ペルシコフはつぎに、人民委員部付属畜産部長プターハ・ポロシュークを電話で呼び出した。このプターハからも好意的な返事を得た。話というのは、ペルシコフ教授のために外国に大量の注文を発するということであった。ベルリンとニューヨークにただちに電報を打つ、とプターハは電話で約束した。そのあと、クレムリンからは、ペルシコフの研究の進行具合を問い合わせてきて、さらに、もったいぶってはいたものの愛想のよい声が、自動車が必要ではないか、などとたずねてきた。

「いや、ありがとうございます。わたしは電車に乗るほうが好きなので」ペルシコフは答えた。

「でも、いったいどうして?」神秘的な声がたずねて、鷹揚な笑いをもらした。

だいたいのところ、ペルシコフと話をするときには、だれもが、尊敬をこめておずおずと話すか、あるいは大きな赤ん坊だとでもいわんばかりに、子供を相手にするように愛想よく笑いながら話すのがつねだった。

「電車のほうが速いですから」とペルシコフが答えると、電話を通して、よく響く低音が言った。

「まあ、お好きなように」

さらに一週間が過ぎたが、そのあいだに、ペルシコフは収まりつつあった鶏問題からはますます遠ざかって、光線の研究に完全に没頭した。連日の徹夜と疲労のために頭はかえって冴え、まるで透明になったように爽快だった。いままでは、赤い円が目から離れなくなったが、それでも、ペルシコフはほとんど毎晩のように研究所に泊りこんでいた。あるとき、彼は動物学研究所の隠遁所を出て、プレチステンカにある研究者生活改善中央委員会の大講堂に行き、赤色光線とその卵細胞に与える影響について報告を行なった。それはこの変人の動物学者の巨大な勝利を意味した。円柱の立ち並んだ講堂は拍手にどよめき、なにかが天井からぱらぱらと崩れ落ちたほどで、しゅうしゅうと音を立てているアーク灯は、研究者たちのタキシードや女たちの白い服に光を降り注いでいた。舞台の演壇の隣に並べられたガラスのテーブルの上には、猫ぐらいの大きさの雨蛙が皿に載せられ、あえぐような息をしながら、灰色に光っていた。舞台にはメモが投げつけられた。そのなかにはラブレターも七通あったが、ペルシコフはそれを引き裂いてしまった。彼は聴衆に挨拶をするために、中央委員会議長に無理やり演壇に引っぱりだされた。ペルシコフはいらだたしげにお辞儀をしたが、その手は汗でびっしょり濡れ、黒いネクタイは顎の下にではなくて左の耳のあたりにあった。目の前には、人いきれと靄《もや》につつまれて何百という黄色い顔と男たちの白い胸があったが、不意に、黄色のピストル・ケースが閃いたかと思うと、白い円柱のかげに消えた。ペルシコフはぼんやりとしたままなざしでそれを認めたが、すぐに忘れてしまった。ところが、報告が終ったあと、帰ろうとして赤い絨緞《じゅうたん》の階段を降りかけたとき、急に気分が悪くなった。一瞬、玄関ロビーの明るいシャンデリアが黒い影におおわれ、ペルシコフは意識が朦朧とし、吐き気を催した……なにか焦げくさい匂いがし、首筋のあたりを粘っこい熱い血が流れているように思われた……そして教授は、震える手で階段の手すりをつかまえた。

「ウラジーミル・イパーチイチ、ご気分でもお悪いのですか?」不安そうな声が四方から投げかけられた。

「いや、いや」気を取り直しながらペルシコフは答えた。「疲れすぎているので……そう……水を一杯、いただきたいのですが」

＊

太陽の光が強く照りつける八月のある日のことであった。日射しが邪魔になるので、教授はブラインドをすっかりおろしていた。小さな台に載った自在に動く反射鏡が、さまざまな器具やレンズの散らばっているガラス台の上に、鋭い一条の光線を投げかけていた。回転椅子の背中を動かして、ペルシコフは疲れきったようすでたばこをふかし、その煙をとおして、疲労のあまり死んだようになり、それでも満足げな目で、なかば開かれた暗室の扉を眺めていたが、そこからは、それでなくともむし暑く、濁った研究室の空気にさらに熱を加えながら、赤い光線が静かにもれ出ていた。

だれかがドアをノックした。

「うむ?」ペルシコフがたずねた。

ドアがかすかに軋んで、パンクラートが入ってきた。彼はズボンの縫い目に両手をあてて、まるで神の前にでも出たときのように、恐怖のあまりまっさおな顔をして言った。

「教授、面会のかたがおいでになっております、ロック*というかたです」

動物学者の頬に微笑のようなものが浮かんだ。目を細めて、つぶやいた。

「これは面白い。ただ、わたしは忙しいのでね」

「クレムリンからの公式文書を持ってきているそうですが」

「運命《ロック》が公式文書を持ってきただと? これは珍しい組合せだ」とペルシコフは言って、つけ加えた。「それじゃ、ここにお通ししてくれ!」

「かしこまりました」パンクラートは答えると、そそくさとドアの外に消えた。

一分後に、ドアがふたたび軋み、敷居のところに一人の男が現われた。ペルシコフは回転椅子を軋ませ、肩から見上げるようにして、入ってきた男を眼鏡越しにじっと見すえた。ペルシコフは実生活からはあまりにも遠ざかっていて、日常生活には興味を持っていなかったが、それでもこのときばかりは、そんな彼の目にさえ、入ってきた男の基本的で主要な特徴というものがはっきりと見てとれた。その男は奇妙なまでに時代遅れの身なりをしていたのである。これが一九一九年のことだったら、首都の街路を歩いていてもさして目立つ存在ではなかったであろうし、一九二四年のはじめでもまだ我慢できたかもしれないが、しかし一九二八年ともなると、この男の風貌ときたらまったく異様に感じられるのだ。プロレタリアートのなかでもっとも遅れている部分といわれているパン焼き職人でさえもジャケットを着ていて、詰襟の軍服が一九二四年の末には旧式としてすっかり廃れてしまって、いまのモスクワではかえって珍重がられるというのに、この訪問者ときたら、二重の縁のついた革ジャンパーを着こみ、緑色のズボンをはき、それにゲートルまで巻きつけて短靴を履き、腰には、黄色い木製のケースに入った大きな旧式のモーゼル銃を吊るしていたのである。この訪問者の顔からは、ペルシコフはすべての人々と同じような印象、つまりきわめて不愉快な印象を受けた。その小さな目は、驚いたような、それでいて確信にみちた表情で全世界を眺めているし、扁平足の短い足には、どことなく無遠慮な感じがうかがわれた。顔はひげ剃りのあとも青々としていた。ペルシコフはすぐさま不機嫌そうな表情を浮かべた。容赦なく回転椅子をぎいっと軋ませて、いまはもう眼鏡越しにではなく、ひたと客をみつめながら、口を切った。

「公式文書をお持ちだそうですね！　見せていただきましょう」

訪問客は、その場の光景に度胆を抜かれたように見受けられた。およそこの男は困惑するような人間ではなかったようだが、そのときばかりは、さすがにうろたえたようすだった。その目つきから判断すると、なによりもまず、本がびっしりと天井まで届きそうな十二段の書棚に驚かされたものらしい。そのつぎには、もちろん、レンズによって拡大された赤い光線の点滅している、まるで地獄のような暗室によってである。薄闇のなかで、反射器からもれ出る鋭い光線の先端に照らし出されて回転椅子に腰をおろしているペルシコフその人までが、このうえなく奇怪に、そして荘厳に見えるのだった。客は、自信にみちあふれたなかにも尊敬の火花が明らかに燃えあがっている視線をペルシコフに注ぎ、公式文書も渡さずに言った。

「わたしはアレクサンドル・セミョーノヴィチ・ロックです!」

「ほう？　それで、どういうわけで？」

「わたしは模範ソフホーズ*《赤色光線》の所長に任命されました」客は説明した。

「それで？」

「じつは、同志、ここに秘密文書を持ってきています」

「知りたいものですね。できるだけ手短にお願いしますよ」

客は革ジャンパーの前を開けて、分厚い上質紙にタイプライターで打たれた指令書を取り出した。彼はそれをペルシコフに差し出した。それから、すすめられもしないのに、回転椅子に腰をおろした。

「テーブルを押さないでくれたまえ」ペルシコフは憎々しげに言った。

訪問客はびっくりしてテーブルに目をやったが、テーブルの向う端の湿気をおびた暗い孔のなかでは、エメラルドのような目が生気なく明滅していた。そこからは冷気がただよっていた。

ペルシコフは指令書を読み終えるなり、さっと椅子から立ちあがり、電話のところにとんで行った。

数秒後にはもう、早口で、極度にいらだった調子で話していた。

「失礼だが……わたしには理解できません……いったい、どういうことです？　わたしは……わたしの同意もなしに、ひとことの相談もなしで……そう、まったく、あの男が何をしでかすものやら！」

このとき、ひどく侮辱された表情になって、見知らぬ男は回転椅子をくるりとまわした。

「失礼ですけど」と彼は言いはじめた。「わたしは所長……」

しかしペルシコフは、鉤《かぎ》形に曲げた指を脅すようにひと振りして、電話をつづけた。

「失礼ですが……理解できません……何とおっしゃられても、断固として抗議します。わたしは鶏卵の実験許可を与えません……わたしが自分で実験するまでは……」

受話器のなかで、なにかをたたくような、蛙の鳴き声に似た音がし、そして受話器の声が小さな子供でもあやすみたいに、なだめすかすような調子になって話しているのが、少し離れたところからでも聞きとれた。結局、ペルシコフがまっかになって、がちゃりと大きな音を立てて受話器を置いて、すぐそばの壁に向かって、「こんなこととは絶対に手を切る」と言うことでけりがついた。

ペルシコフはテーブルに戻り、指令書を取り上げると、眼鏡越しに上から下へとざっと目を通し、それから今度は、下から上へとじっくりと読むと、不意にどなった。

「パンクラート！」

パンクラートはあたかも階段から登場するオペラの主人公のように、ドアのそばに姿を現わした。それを見るなり、ペルシコフは喚きたてた。

「出て行け、パンクラート！」

パンクラートのほうは、いささかの驚きの色も顔に浮かべずに、姿を消した。

それから、ペルシコフは訪問客のほうに向き直って、口を切った。

「わかりました……指令に従いましょう。わたしの知ったことではありません。それに、こんなことには興味がないのです」

教授のこの言葉にたいして、客は侮辱を感ずるというよりも、むしろ驚いたほどだった。

「失礼ですが」と彼は切りだした。「同志、いったい、あなたは？……」

「なんだって、そんなふうに、同志、同志などと連発するのです……」ペルシコフは不機嫌そうにつぶやいて、それきり、黙りこんでしまった。

《それでも》という文字がロックの顔に書かれた。

「失礼……」

「それでは、どうぞ」ペルシコフは相手の言葉をさえぎった。「これがアーク灯です。この接眼レンズを動かすことによって」ペルシコフは写真機に似た暗室の蓋をかちりと鳴らした。「光線が得られますが、その光線を集中するためには、対物レンズを動かせばよいのです、これが第一号の対物レンズ……これが第二号の対物レンズ」ペルシコフは光線を消し、それからふたたび、暗室のアスベストの床の上に光をあてた。「この光線のあたっている床の上に希望するものを載せれば、実験できます。ごく簡単なことではありませんか、そうでしょう？」


ペルシコフは皮肉と軽蔑の表情を表わしたいと思ったのだが、客は目を光らせて注意深く暗室をみつめていたので、それにも気づかなかった。

「ただし、前もって注意しておきますが」ペルシコフはつづけた。「光線に手を突っこまないでください、なぜなら、わたしの観察によりますと、この光線は上皮細胞を増殖させるようですから……もっとも、それが悪性のものかどうかは、残念ながら、まだ確認できていませんが」

すると、客は手に持っていた革の帽子を落とし、大急ぎで手を背中のほうに隠し、教授の手を見やった。教授の手は両方ともすっかりヨードでただれていて、右の手首には包帯が巻かれていた。

「それでは、どうしたらいいのです、教授?」

「クズネツキイ・モストのシュワーべの店でゴム手袋でも買えばいいでしょう」教授はいらだたしげに答えた。「そんなこと、わたしが心配するまでもないでしょう」

そこで、ペルシコフはまるで拡大鏡ででも見るかのように客をじっとみつめた。

「どうして、こんなことをする気になったのです? だいたいからして……なんだって、あなたは?……」

ついに我慢しきれなくなって、ロックはすっかり腹を立ててしまった。

「失礼ですが……」

「だけど、その理由を知っておく必要があるじゃありませんか! ……どうしてこの光線にとびついたのです?」

「どうしてって、これがきわめて重大なことだからですよ……」

「ははあ。きわめて重大? それでは……パンクラート!」

パンクラートが現われたとき、教授は言った。

「待ってくれ、少し考えさせてくれ」

そこで、パンクラートはおとなしく引きさがった。

「わたしには」ペルシコフは言った。「どうしてもわからないのだが、どうしてそんなに急ぐ必要がある、しかも秘密にしてまで？」

「教授、頭がすっかり混乱してしまいましたよ」ロックが答えた。「ご存知でしょうが、鶏は一羽残らず死んでしまったのですよ」

「それで、それがどうした？」ペルシコフが喚きたてた。「まさか、一瞬のうちに鶏どもを生き返らせたいとでも思っているのではないでしょうね？　それも、まだ研究中の光線などを利用しようなんて？」

「同志教授」ロックは答えた。「まったく、呆れてしまいますね。われわれはわが国の養鶏業を復興させねばならないと、わたしは申しあげているではありませんか、外国の新聞や雑誌がわが国のことでありとあらゆる中傷を浴びせているのですからね。そうですよ」

「書きたいやつには書かせておけばよい……」

「まあ、ご存知でしょうがね」ロックは謎めいた言葉で答えて、頭をひと振りした。

「ところで、知っておきたいのですが、赤色光線で鶏を孵化しようなどと思いついたのは、いったいだれなのです？」

「わたしです」ロックは答えた。

「ふうむ……そういうわけか……だが、いったい、どうしてです？　どうして赤色光線の特質を知ったのです？」

「わたしは教授のご報告を会場で聴講していたのです」

「鶏卵を使った実験など、わたしはまだなにもしていない！……ただ、実験の計画があるだけです！」

「絶対に成功しますすよ」不意に、成功まちがいなしと請け合うみたいに、意気ごんでロックは言った。「あなたの赤色光線ときたらたいした評判で、それこそ、雛《ひな》どころか、象だっても繁殖させることができるほどですよ」

「いいですか」ペルシコフは口をはさんだ。「あなたは動物学者ですか？　違うって？……それは残念……あなたなら、きわめて大胆な実験家にもなれるのに……そう……ただ、たいへんな冒険ですよ……失敗に終るかもしれん……そうすると、わたしは暇つぶしをするだけになる……」

「暗室はお返しします。それならどうです？」

「いつ？」

「そうですね、そう、最初の孵化がうまくいったときにでも」

「いやに自信満々な口をききますね！　いいでしょう。パンクラート！」

「作業員を連れてきています」ロックは言った。「それから護衛兵も……」

その日の夕方には、ペルシコフの研究室はがらんとなった……実験台の上にも、なにもなくなった。ロックの部下たちは、最初の実験に用いた小さな暗室をひとつ教授に残しただけで、三つの大きな暗室をすっかり運び出してしまったのである。

七月の黄昏が迫ってきて、灰色の影が研究所を支配し、すべての廊下をつたって流れはじめた。研究室からは単調な足音が聞こえてくるばかりだったが、それは、明かりもつけずに、大きな部屋の窓からドアへと歩数をかぞえながら行きつ戻りつしているペルシコフの足音だった……奇妙なことだが、この夕暮は、説明しがたい物悲しい気分が、研究所に住む人間だけではなく、動物までをもとらえていたのである。ひき蛙どもは、どういうわけか、ひとしお物悲しいコンサートを開始し、不吉なことを警告するような調子で鳴き立てていた。パンクラートは暗室から逃げ出した一匹の蛇を廊下でつかまえたが、そのとき、蛇のようすは、もうどこでも構わない、とにかく、ここから逃げ出せさえすればよいのだ、とでもいわんばかりの表情だった。

夕闇がしだいに濃くなっていったとき、ペルシコフ教授の研究室から呼出しベルが鳴った。パンクラートが研究室の敷居のところに姿を現わした。そこで彼が見いだしたのは不思議な光景であった。教授がただ一人、研究室の中央にぽつんと立ちつくし、実験台をみつめていたのである。パンクラートは咳ばらいをして、じっと息を殺した。

「このとおりだよ、パンクラート」とペルシコフは言って、なにも置かれていない実験台を指さした。

パンクラートはぎくりとした。薄闇のなかにも、教授が目を泣きはらしているように思えたからだ。これはまったく異常なことであり、恐ろしいことであった。

「まったく、そのとおりで」パンクラートは泣きだしそうな声で答え、〈いっそのこと、どなりつけてくれたほうがまだましなのに!〉と心のなかで思った。

「このとおりだよ」とペルシコフはくり返したが、その唇は、気に入った玩具をいきなり取り上げられた小さな子供のそれのように震えていた。

「なあ、パンクラート」ペルシコフはつづけ、窓のほうに顔を向けた。「きみも知っているとおり、十五年前に家出したわたしの妻、オペレッタ劇場に入っていたのだが、最近、亡くなったそうだ……話というのはそういうことだよ、パンクラート……手紙が来たのだ……」

ひき蛙どもは憐れっぽい声で鳴き、ますます濃くなってゆく夕闇がしだいに教授をつつんでゆき、いよいよ……夜になるのだ。モスクワ……どこか窓の外で、白い電球に明かりが輝きはじめた。どうしたらよいかわからぬまま、パンクラートは両手をズボンの縫目にあてててぴんと伸ばし、恐怖に耐えながら、悲しみにうち沈んでいた……

「行きなさい、パンクラート」教授はいかにもつらそうに言い、片手を振った。「ゆっくりと寝たまえ、ありがとう、パンクラート」

こうして夜が訪れた。なぜか爪先立ちになってパンクラートは研究室から走りだし、自分の部屋に駈けこむと、部屋の隅のぼろ布をかきまわし、口をつけたウォトカの罎《びん》を取り出し、コップに一杯ほど、一気に飲みほした。そのあとでパンと塩を口に入れると、その目はいくぶん快活さをとり戻した。

夜、もう真夜中に近いころだっただろうか、パンクラートはほの暗い光に照らされた玄関ホールのベンチにはだしのまま腰をおろして、更紗模様のシャツの下に手を突っこんで胸のあたりを掻いている宿直の山高帽の男と話し合っていた。

「殺されたほうがまだましさ、まったくの話……」

「本当に泣いていたのか？」好奇心にかられて、山高帽の男はたずねた。

「誓って言うとも……」とパンクラートは断言した。

「あんな偉い学者がな」山高帽もあえて逆らおうとはしなかった。「そりゃ、蛙が奥さんのかわりになれるわけでもないしな」

「まったくだ」とパンクラートは同意した。

それから、パンクラートはしばらく考えてから、つけ加えた。

「おれも女房のやつをここに呼び寄せようか、と考えているんだ……まったく、田舎に引きこもっていたって仕方ないんだから。ただ、女房のやつときたら、蛇だとか蛙だとかいったやつが、どうしても我慢できんのでな……」

「あたりまえさ、あんないやらしいものって、ほかにないからな」山高帽は相槌を打った。

教授の研究室からは物音ひとつ聞こえなくなった。それに、いまは明かりも消えていた。ドアの下から洩れていた光線も見えなくなっていた。

第八章　ソフホーズでの事件

たとえば、スモレンスク県であれ、八月のさかりほど美しい時期は一年のうちでほかにないと断言できる。よく知られているように、春にはちょうどよい時期に雨が降り、灼熱した太陽がじゅうぶんに照りつけたので、収穫に恵まれた一九二八年の夏は最良の夏であった。シェレメーチェフ家*の旧領地では林檎が熟し……林は緑におおわれ、黄色い方形に区切られて畑がひろがっている……人間も自然の懐に抱かれると、ずっとよくなるものだ。そしてアレクサンドル・セミョーノヴィチ・ロックも、都会にいたときにくらべると、不快な印象がはるかに少なくなったようである。いまは、感じの悪い革ジャンパーも着ていなかった。顔は赤銅色に日焼けし、前をはだけた更紗模様のシャツからは、まっ黒な毛の生えている胸が見え、ズック地のズボンをはいている。目までが落ちついた感じで、これまでよりも人のよさそうな印象を与えている。

《ソフホーズ・赤色光線》という標札が星の記章の下に打ちつけられた円柱のある正面

玄関の階段を元気よく駈け降りると、ロックは、護衛兵つきで三つの暗室を運んできたライトバンのところに直行した。

その日、ロックは旧シェレメーチェフ家の冬の庭園にある温室に暗室を設置するために、助手たちといっしょに一日じゅうあくせくと働きとおした……夕方になって、ようやく仕事が終った。ガラス張りの天井に吊るした曇りガラスの白い大電球がともされ、煉瓦の上に暗室が設置され、そして暗室についてきた技師が真新しいねじを音を立ててひねり、暗室のアスベストの上に赤い神秘的な光線を作った。

ロックはこまめに動きまわり、梯子によじ上って自分で電線を点検したほどである。

その翌日、例のライトバンが駅から戻ってきて、三つの箱を降ろしたが、それは上質のベニヤ板で作った箱で、ラベルがいっぱい貼られていて、黒地に白い文字で、《Vorsicht：Eier！注意、卵！》と書かれてあった。

「どうして、こんなに少ししか送ってこないのだろう？」ロックはけげんそうな表情を浮かべたが、それでもすぐに、いそいそと鶏卵の梱包《こんぽう》を解きはじめた。例の温室で荷ほどきがはじまり、それに加わったのは、ロックをはじめ、異常なまでにふとった妻のマーニャ、旧シェレメーチェフ家の庭師で、現在はソフホーズで雑用係兼守衛をしている片目の男、ソフホーズで生活する運命となった護衛兵、それに掃除婦のドゥーニャであった。モスクワとは異なり、ここではなにもかもがより素朴で、より家庭的で、より打ちくつろいだ性格をおびていた。ロックは、温室のガラスの天井から射しこむ穏やかな夕映えのもとで、きわめてしっかりと梱包され、こぢんまりとした贈物である箱をうっとりと眺めながら、指示を与えていた。いかにも平和らしく護衛兵はライフル銃を戸口のそばに立てかけて休息させながら、ペンチで留めていた金具を抜いたり、鉄帯を壊したりしていた。はぜるような音……立ちのぼる埃。ロックはサンダルをぱたぱた鳴らしながら、箱のそばを、あくせくと動きまわっていた。

「どうか、もっとそっとやってくれよ」彼は護衛兵に言った。「もっと注意深くな、わからないのか、卵じゃないか？」

「心配ありませんよ」地方出身の兵士は箱に穴をあけながら、しわがれ声で答えた。

「もう少しだ……」

めり、めり……埃が舞いあがった。

卵は頑丈に梱包されていて、木の蓋の下にはパラフィン紙が敷かれ、その下に吸取紙、それから鉋屑《かんなくず》がぎっしりと詰まり、さらにその下に細かい鋸《のこぎり》屑、そこから卵の白い頭が覗いているといった具合だった。

「さすがは外国の梱包だ」ロックはほれぼれとしたようにつぶやき、鋸屑をひっかきまわした。「わが国のやり方とはまったくちがう。マーニャ、よく気をつけろ、こわすんじゃないぞ」

「何を言ってるのさ、アレクサンドル・セミョーノヴィチ、しっかりおし」妻は答えた。「たいした宝物だとでも思っているのでしょうよ。あたしがこれまで卵を見たことがないとでも？　おや、まあ！　なんて大きな卵！」

「外国産だものな」とロックは言いながら、卵を木製のテーブルの上に置いた。「ロシアの土百姓の卵とはわけがちがうんだ……おそらく、みんなブラマ種の鶏の卵だろう、たいしたものだ！　ドイツ人てやつは……」

「まったく、そのとおりですね」卵をうっとりと眺めながら、護衛兵が賛成した。

「ただ、ひとつ、わからんことがある、どうしてこんなに汚れているのだろう」思慮深げにロックが言った。「マーニャ、ちょっと見といてくれ。卵をどんどん取り出してもかまわんが、ちょっと電話をかけてくる」

ロックは中庭を横切って、電話のあるソフホーズの事務所に向かった。

その晩、動物学研究所の研究室で、けたたましく電話が鳴りだした。ペルシコフ教授は髪をふり乱して受話器のところに駈けつけた。

「もしもし」と彼はたずねた。

「いま市外電話をおつなぎいたします」受話器を通して、低い女の声が静かに答えた。

「そう。もしもし」ペルシコフは電話の黒い口に向かって、不機嫌な声で言った。受話器のなかでがちゃりと音がしたかと思うと、やがて男の遠い声が不安げに耳もとで言った。

「教授、卵は洗ったほうがよいのでしょうか？」

「なんのことです？　何？　ご質問の意味は？」ペルシコフはいらだちはじめた。「どこからかけているのです？」

「ニコリスコエ村からです、スモレンスク県の」と受話器が答えた。

「なにもわからん。ニコリスコエ村なんて聞いたこともない。どなたです？」

「ロックですよ」と受話器がきびしい口調で言った。

「ロックとは何です？　ああ、そう……あなたでしたか……それで、何を質問したいのです？」

「洗うべきでしょうか？……外国から鶏卵を送ってきたのですが……」

「それで？」

「……ところが、それがどうも汚れていまして……」

「なにか勘ちがいしているようだな……「汚れている」とかおっしゃるけど？　そりゃ、もちろん、多少は汚れていることだってありうる……糞がくっついているとか……なにか、ほかのものとか……それもあるかもしれんが……」

「それでは、洗う必要はありませんね？」

「もちろん、そんな必要はない……なにかね、もうさっそく、卵を暗室に入れようとしているのかね？」

「そのつもりです。ええ」と受話器は答えた。

「ふむ」とペルシコフは唸った。

「それでは」受話器ががちゃりと音を立て、それきり、声も切れてしまった。

「それでは、か」ペルシコフは憎々しげに口真似して、イワノフ助教授にくり返した。

「ピョートル・ステパーノヴィチ、ああいうタイプの男をどう思う？」

イワノフは大声で笑いだした。

「あの男のことですか？　向うで、卵からとんでもないものでも作るのじゃないですか」

「そういうことだ」ペルシコフは意地悪そうに言った。「やはり、そう思うかね、ピョートル・ステパーノヴィチ……いや、まさにそのとおりだ……あの赤色光線が、鶏卵の胚子《はいし》にたいしてひる蛙の血漿にたいするのと同じような作用を及ぼすことは、おおいにありうることだ。ひょっとすると、あの男がうまく雛《ひな》を孵《かえ》せるかもしれん。しかし、なんといったって、あなたにせよ、わたしにせよ、その鶏がどのようなものになるかなどとは、なんとも言えないじゃないか……あるいは、なんの役にも立たぬ鶏ができるかもしれん。あるいは、二日後には死んでしまうかも。あるいは食用にならないかもしれんのだ！　だが、だいたいからして、その鶏どもがちゃんと立って歩けるようになるかどうかだって、保証のかぎりではない。もしかすると、骨だってもろいものかもしれない」ペルシコフは夢中になって手を振りながら、指を折って、ひとつひとつかぞえあげた。

「まったく、そのとおりですよ」とイワノフは同意した。

「あなただったら保証できますかね、ピョートル・ステパーノヴィチ、そんな鶏が子孫を繁殖できるなんて？　ことによったら、あの男、卵を産まない鶏を作るかもしれない。図体ばかりは犬ぐらいの大きなやつを作っておいて、待てど暮らせど雛はできないなんてことにもなりかねない」

「保証のかぎりではありませんね」とイワノフは相槌を打った。

「それに、なんという厚かましい態度だ」ペルシコフは不愉快な気分になった。「なんと図々しい男なのだろう！　それに、考えてもみてくれよ、あのペテン師を指導するようにと委任されているのだよ」ペルシコフはロックが持ってきた指令書を指さした（それは実験台の上にほうり出されたままだった）。「……ところが、あんな無学な男をどうやって指導できるというのだ、おまけに、わたし自身、この問題に関してははっきりしたことはなにも言えないというのに」

「断われなかったのですかね？」イワノフはたずねた。

ペルシコフは顔をまっかにして指令書を取り上げ、イワノフに示した。それに目を通すと、イワノフは皮肉な薄笑いを浮かべた。

「うむ、そういうわけですね……」彼は意味ありげに言った。

「それに、考えてもみてくれよ……注文したものが届くのをわたしは二カ月も待っているというのに、うんともすんとも言ってこない。ところが、あの男にはさっそく鶏卵を送ってくる、とにかく、ありとあらゆる援助を惜しまないのだから……」

「あんな男になにができるものですか、ウラジーミル・イパーチイチ。結局、暗室が返ってきて、それで終りですよ」

「そう、それがなるべく早いに越したことはないが、それでないと、わたしの実験が妨害されることになるのだから」

「そうですよ、まったく困ったことで。わたしのほうは準備がすっかりできています」

「潜水服は受けとったかね？」

「ええ、今日」

ペルシコフはいくぶんほっとして、元気をとり戻した。

「ふむ……こんなぐあいにしようと考えているのだ。実験室のドアはぴったりと閉めて、窓は開けておく……」

「もちろんですよ」とイワノフは同意した。

「ヘルメットは三つだったね？」

「三つです。そうです」

「そう、それでは……あなたとわたし、それからもう一人、学生のなかからだれかを選ぶことになる。その学生に、三つ目のヘルメットをかぶせる」

「グリンムートにやらせましょう」

「いま、あなたのところで山椒魚の研究をしている学生だな？……ふむ……悪くないだろう……もっとも、ひとこと言わせてもらえば、あの学生は、この春、無歯類の浮《うき》嚢《ぶくろ》がどういう構造になっているか答えられなかったが」執念深げに、ペルシコフはつけ加えた。

「いや、彼ならなんとかやれますよ……なかなかの学生です」とイワノフは擁護した。

「またひと晩、徹夜せねばならんな」とペルシコフはつづけた。「それはそうと、ピョートル・ステパーノヴィチ、ガスを検査しておいてくれたまえ、そうしないと、化学産業協会の保証つきなどと言われても、どんなものかわかったものじゃないからね。どんなにひどいものをよこしてくるものやら」

「いや、だいじょうぶです」イワノフは両手を振った。「昨日、試験してみました。品質保証に偽りはありません、ウラジーミル・イパーチイチ、最高級のガスでした」

「何で試験したのだね？」

「普通のひき蛙でです。ひと息かけると、あっという間に死んでしまいました。そう、ウラジーミル・イパーチイチ、それから、こうしようではありませんか。電気ピストルを送付してもらうよう、ゲー・ペー・ウーに申請書を提出してください」

「だが、そんなもの、わたしには扱えない……」

「わたしが引き受けますよ」とイワノフは答えた。「クリャージマにいたときに、一度、面白半分に電気ピストルを撃ってみたことがあるのです……あそこで、ゲー・ペー・ウー部員が隣の部屋に住んでいたものですから……あれはなかなかいいものですよ。まったく、すばらしい……音を立てずに撃てて、しかも、百歩くらいの距離でしたら百発百中です。わたしたちは鳥を撃ち落としていたのですが……わたしに言わせれば、ガスだって必要ないくらいです」

「ふむ……これは気のきいたアイデアだ……とても」ペルシコフは部屋の隅に行き、受話器を取りあげて、甲高い声で言った。

「電話をつないでくれたまえ、なんと言ったかな……ルビャンカだ……」

＊

異常なまでに暑い日々がつづいていた。透明ではあるが、きびしい炎熱が畑をおおっているのがはっきりと見てとれた。それでも夜は爽やかで、人を欺くような深い緑であった。月は明るく照り、表現しがたいほどの美しさをシェレメーチェフ家の旧領地に与えている。さながら砂糖で作った宮殿のようなソフホーズは光り輝き、庭園では影が震え、池は、半分は斜に射す月光、あとの半分は底知れぬ闇といった二色にくっきりと分けられていた。この月明かりのもとでなら、小さな活字で組んだチェス欄は無理としても、『イズヴェスチヤ』を自由に読むことだってもできた。もっとも、このような夜に『イズヴェスチヤ』を読む者などだれもいなかったのは当然である……掃除婦のドゥーニャはソフホーズの裏手の林のなかにおり、そこには偶然の一致なのか、ソフホーズの使い古したライトバンの運転手である赤い口ひげの男もいた。そこで二人が何をしていたかはだれにもわからない。二人は楡《にれ》の樹の下のうつろいやすい影のもと、地面にじかに敷いた運転手の革のコートの上に腰をおろしていた。台所には小さな電灯がともり、そこでは二人の庭師が夜食をとっていたが、ロックの妻は白いゆったりとした部屋着をまとい、円柱の並んだヴェランダに腰かけ、美しい月を眺めながら、夢想にふけっていた。

夜の十時、ソフホーズのはずれにあるコンツォフカ村の物音がとだえ、ひっそりと静まり返ったとき、魅惑的でやさしいフルートの音が牧歌的な風景のなかに響きはじめた。そのフルートの音が、林や、シェレメーチェフの旧屋敷の円柱にどれほどふさわしいものであったかを表現することは困難である。『スペードの女王』*のなかの華奢なリーザは、情熱的なポリーナとデュエットを歌いながら月の高みへと舞いあがってゆくのだが、それは古い時代とはいえ、やはり、限りなくいとおしく、涙を催すほど人を惹きつける時代の幻影のようであった。

消えてゆく……消えてゆく……

フルートは音色を変えたり、ため息をついたりしながら、吹きつづけられた。

林は死んだように物音ひとつ立てず、ドゥーニャも、破滅を約束された森の精のように、赤毛がごわごわして、いかにも男らしい運転手の頬に自分の頬を押し当てて、フルートの音に聞き入っていた。

「うまく吹くじゃないか、畜生」と運転手は言い、たくましい腕でドゥーニャの腰を抱き寄せた。

フルートを吹いていたのは、このソフホーズの所長アレクサンドル・セミョーノヴィチ・ロックその人で、その演奏はみごとなものであったと正当に評価しなければならない。それも当然のことで、ロックはかつて本職のフルート奏者だったのだから。一九一七年まで、ロックは巨匠ペトゥホフの率いる有名な管絃楽団に所属し、毎晩、エカテリノスラフ市の映画館《魅惑の夢》の居心地のよいロビーを絶妙な流れるような音色でみたしていたものだった。ところが、多くの人々の人生を大きく変えずにはおかなかった偉大な一九一七年は、ロックをも新しい道に導いたのだ。《魅惑の夢》と、そのロビーの星を散りばめた埃っぽい繻子の壁布を見捨て、彼はフルートを人殺しの武器であるモーゼル銃にとりかえて、戦争と革命の大海へと身を投じた。荒れ狂う怒濤に飲みこまれ、ときにはクリミヤに、ときにはモスクワへ、ときにはトルキスタンに、またときには遠いウラジヴォストークにまで押し流され、心ゆくまで翻弄された。ロックの本領を完全に発揮させるためには、まさしく革命が必要であった。この男がきわめて偉大な人間であり、もちろん《魅惑の夢》のロビーなどでフルートを吹いている人間ではないということがわかったのである。ここで、詳細に、長々と説明することは省略するが、一九二七年から一九二八年のはじめにかけて、ロックはトルキスタンにいたが、そこで、まず最初、大新聞の編集にたずさわり、それから、地元の最高農業委員会の委員として、トルキスタン地方の灌漑《かんがい》事業に驚嘆すべき手腕を発揮して名声を高めた。一九二八年にロックはモスクワに出たが、それは功績によって得た休暇ともいえた。地方出身の旧式なタイプのこの男は、最高農業委員証をいつでも大切にポケットに入れて持ち歩いていたが、その組織が彼の実績を高く評価して、名誉職ともいうべき閑職を与えたのである。しかるに、ああ、なんということか。共和国にとって悲しいことには、倦むことを知らぬロックの頭脳は休息も知らず、モスクワに来るなり、ペルシコフの発明をたまたま知るや、トヴェルスカヤ通りにあるホテル《赤いパリ》の一室で、赤色光線の助けを借りて、一カ月以内に共和国に鶏を繁殖させようと思いついたのである。この提案は畜産委員会で傾聴され、支持されたので、ロックは、分厚い書類をもって変人の動物学者のもとを訪れたのであった。

ガラスのような池の水、林、庭園の上に流れていた音楽が終りに近づいたとき、不意にこれを中断させるなにか不可解なことが起こった。もっと正確に言うならば、時刻からすればもう眠っているはずのコンツォフカ村の犬どもが突然けたたましく吠え立てはじめ、しだいに数を増し、苦しげな咆哮へと変わっていった。咆哮はますます強まり、畑から畑へとひろがってゆくと、それに応えるかのように、突如として、池の雨蛙が幾百万のはぜるような声で合唱をはじめた。これらはすべて、あまりにも気味悪かったので、一瞬、神秘めかしい魔法の夜が消えてしまったかと思われるほどであった。

ロックはフルートを置いて、ヴェランダに出た。

「マーニャ。聞こえるだろう？　なんといまわしい犬どもだ……みんな狂犬病にかかったみたいだ。そうじゃないかね？」

「どうして、あたしにわかります？」マーニャは月を眺めながら答えた。

「おい、マーネチカ、ちょっと卵を見てこよう」ロックが提案した。

「まったく、アレクサンドル・セミョーノヴィチ、あなたって人は、卵と鶏のことしか頭にないのね。少しは息抜きをしなければ！」

「いや、マーネチカ、行ってみよう」

温室では大きな電灯が明るく輝いていた。ドゥーニャも上気した顔で、目を輝かせながらやってきた。ロックがそっとガラスの検査口を開け、全員が暗室の内部を覗きはじめた。白いアスベストの床には、斑《まだら》のしみのあるまっかな卵がきちんと列をなして並び、暗室のなかは物音ひとつしなかった……だが上に吊るした一万五千ワットの大電球は、しゅうしゅうと、かすかに音を出している……

「えい、なんとかして雛を孵してみせるぞ!」ロックは横の検査口や、上のほうの通風孔からなかを覗きこみながら、熱に浮かされたような調子で言った。「いまに見ておれ……どうだ? 孵せないと思うか?」

「だけど、ご存知ですか、アレクサンドル・セミョーノヴィチ」笑いを浮かべながら、ドゥーニャが言った。「コンツォフカ村の百姓たちは、あなたのことを反キリストだと言っていましたよ。なんでも、あなたの卵は悪魔の卵だという話です。機械で卵を孵すのは罪深いことですって。あなたを殺してやりたいとか」

ロックはぎくりと身震いして、妻のほうをふり向いた。彼の顔は黄色くなった。

「おい、おまえはどう思う? これが民衆だ! こんな連中を相手に、どうするつもりだ? あ? マーネチカ、集会でも開かなければなるまい……明日は郡から党の活動家を呼ぶことにしよう。おれも百姓どもに演説をしてやる。だいたいからして、ここでは、しなければならないことが多すぎる……それでなくとも、ここには熊みたいなやつしかいないのだから……」

「無知な連中ばかりさ」温室のドアのそばに敷いた兵隊外套の上にすわっていた護衛

兵が言った。

そのつぎの日には、きわめて奇妙な、説明しがたい出来事が起こった。朝、太陽の最初の曙光が射しはじめると同時に、いつもなら、鳴りやむことのない騒々しい小鳥のさえずりで太陽を迎える林が、完全な沈黙でもって朝を迎えたのである。それはもちろん、だれもが気づいたことであった。あたかも雷雨の前兆のようだった。ところが、雷雨の気配などはまったくなかった。ソフホーズでの会話は、ロックにとって奇怪でどっちつかずの様相を呈しはじめ、とりわけ、《山羊の胃袋》という綽名《あだな》で知られているコンツォフカ村きっての賢者で、しかも人騒がせなことの好きな老人の語った言葉から、まったくもってばかばかしい話ではあったが、村の鳥がみんな集まり、夜明けに、シェレメーチェフからどこか北のほうに群れをなして飛び去ったということが明らかとなったからである。ロックはすっかり狼狽し、グラチェフカ市と電話で連絡をとるのに、その日一日を費やしてしまった。市のほうからは、二日後に、二人の講演者をよこし、国際情勢と養鶏産業協会の問題について二つの演説をさせるとロックに約束した。

その夜も、予期せぬ出来事が起こらずにはすまなかった。朝には林が沈黙し、樹々の静寂がどれほど怪しげで、しかも不愉快なものかということをはっきりと示し、昼には雀どもが一羽残らずソフホーズからいずこへともなく飛び去ってしまったとすれば、夜には、シェレメーチェフ家の旧領地にある池が完全に鳴りをひそめてしまったのである。それはまったく驚嘆すべきことであったが、それというのも、シェレメーチェフ家の旧領地の雨蛙の鳴き声といったら、周囲四十キロに住む人々のだれもが耳にしない日はないほど有名なものだったからである。それなのに、いまや雨蛙は一匹残らず死にたえたように思われた。池からはいかなる声も聞こえず、スゲが音もなく立ちつくしているばかりだった。はっきり言うと、ロックは完全に打ちのめされた。この出来事に関して、人々はいろいろと取沙汰しはじめたが、しかもそれは、ロックの背後でこそこそと噂するというきわめて不快なやりかたであった。

「まったく、これは奇妙なことだ」食事のときにロックは妻に言った。「どうしてもわからん。なんだって鳥どもはみんな逃げ出したのか?」

「どうして、あたしにわかります?」マーニャは答えた。「ひょっとしたら、光線のせいじゃないかしら?」

「ふん、マーニャ、おまえもやっぱり普通のばかな女だな」スプーンを投げ出して、ロックは答えた。「おまえときたら、無知な百姓どもと変わりないじゃないか。光線がこの問題とどんな関係があるというのだ？」

「そんなこと、あたしは知らないわ。ほっといてちょうだい」

その夜には第三の予期せぬ出来事が発生し、またしてもコンツォフカ村の犬どもが吠えはじめたのだが、その吠えようといったらなかった。月明かりに照らされた畑の上に、憎しみをこめた物悲しい咆哮がひっきりなしにつづいていた。

さらにもうひとつ、温室ではじまった予期せぬ出来事はロックにしてみれば愉快なもので、いくぶん、これまでの努力が報いられた思いであった。暗室に並べた赤い光線を浴びている卵の内部で絶えずこつこつと物音が聞こえはじめたのである。こつ……こつ……こつ……こつ……と、ひとつの卵のなかで音がしたかと思うと、つぎの卵で、さらにまたべつの卵でといったぐあいに、あちこちで音がする。

卵のなかの物音は、ロックにとって勝利の物音であった。林や池で起こった恐ろしい出来事は、ただちに忘れられた。マーニャも、ドゥーニャも、守衛も、それに銃をドアのところに置いた護衛兵までも、温室に集まった。

「さあ、どうだね？　なにか、言いたいことでもあるか？」ロックは勝利に酔いしれたような調子でたずねた。一同は好奇心にかられて、第一号の暗室の扉に耳を傾けた。

「これは嘴《くちばし》で突っついている音だ、雛どもがさ」ロックは顔を輝かせながら、つづけた。「雛なんて孵せない、とでも言うのか？　そうではない、みなさん」それから、こみあげてくる感動を抑えきれずに、護衛兵の肩をぽんとたたいた。「あっと驚くようなやつを孵してみせるからな。これからはしっかりと見張っていなけりゃならない」と、きびしい口調で彼はつけ加えた。「殻を破りだしたら、すぐに知らせてくれ」

「わかりました」守衛とドゥーニャ、それに護衛兵が声をそろえて答えた。

こつ……こつ……こつ……第一号の暗室のなかでは、つぎからつぎと、卵のなかでたぎり立つような音がしていた。実際、かすかに光の反射している殻のなかで新しい生命がしだいに形成されてゆく光景を目の前で見るのは、きわめて興味深いものだったので、だれもが、さらにしばらく、ひっくり返した空箱の上に腰をおろして、謎めいて点滅する光線のなかでまっかな卵が成熟してゆくのを見守っていた。全員がそれぞれ眠りについたのはかなりおそく、ソフホーズとその周辺に、緑がかった夜が完全に立ちこめたころであった。夜は謎めいていて恐ろしいと言ってもよいくらいであったが、それはおそらく、理由もないのに、コンツォフカ村の犬どもが絶えず物悲しい呻くような吠え声を立てて、死の沈黙を破っていたためかと思われる。いったいどうして、いまいましい犬どもが気の狂ったように吠えだしたのかは、まったくもってわからなかった。

翌朝、不愉快なことがロックを待ち受けていた。護衛兵がひどくうろたえたようすで、両手を胸に押し当てて、けっして眠っていたわけではないのだけれど、なにも気づかなかったのだと、神に誓うようにして語ったのである。

「まったく、わけがわかりません」護衛兵が断言した。「わたしの責任じゃないのです、同志ロック」

「ありがとう、心からお礼を言わせてもらうよ」ロックは護衛兵をどなりつけた。「あなたは何を考えているのだね？　なんのために、ここに配置されていたのだね？　よく見張っているためではなかったのか。話してもらおうじゃないか、雛はどこへ逃げ出したのだ？　だって、殻は破られていたのだろう？　つまり、逃げ出したというわけだ。それは結局、ドアを開け放したまま、どこかをほっつき歩いていたということではないか。さあ、雛を返してくれ！」

「どこへも行きはしませんでした。わたしが自分の職務を知らないとでも言うのですか」ついに兵士は怒りだした。「わたしを責めたってむだですよ、同志ロック！」

「雛はどこへ行ったのだ？」

「そんなこと、知るものですか」兵士はかっとなって言った。「雛の番をするのが仕事だとでも言うのですか？　どういう理由でここに配置されたと思うのです？　暗室が盗まれないように見張っているためです、職務は果たしています。ほら、暗室は無事じゃないですか。法的に言ったって、雛をつかまえることなんか、わたしの職務じゃありませんよ。それに、卵からどんな雛が孵るものやら、だれが知るものですか、自転車で追っかけても追いつけないかもしれない！」

ロックは二の句が継げなくて、なにやら口のなかでぶつぶつ言っただけで、まったく信じられないといった表情を浮かべた。確かに、奇妙な話であった。最初に卵を入れた第一の暗室のなかで、赤色光線の根もとにもっとも近いところに置かれてあったふたつの卵の殻がみごとに破られていた。しかも、そのうちのひとつなどは、勢いあまって横のほうに転がっていたほどである。アスベストの床の上には、光線を浴びた殻のかけらが散らばっていた。

「まったくわからん」ロックはつぶやいた。「窓は閉まっているし、屋根を越えて飛び出すはずもない！」

頭をうしろにそらして、ガラス張りの屋根に大きな穴がいくつかあいているところをロックは見あげた。

「何をおっしゃるのです、アレクサンドル・セミョーノヴィチ」ドゥーニャがひどく驚いて言った。「雛が飛んだりするものですか。どこか、そのあたりにいますよ……とと……とと……とと……とと……」彼女は大声をあげて雛を呼びながら、埃だらけの植木鉢や、なにかの枝や、がらくたなどが置いてあった温室の隅々を覗きはじめた。しかし、一羽の雛も、どこからも姿を現わさなかった。

全員総出で二時間ほどソフホーズの中庭のなかを駈けずりまわって、すばしこい雛を探したが、どこにも見つけだせなかった。極度の興奮のうちに、その日は過ぎていった。暗室の見張りのためにさらに守衛がまわされることになり、そして十五分ごとに暗室の窓を覗き、なにか変わったことがありしだいロックを呼ぶように、との厳重な命令が与えられた。護衛兵は両膝のあいだに銃をはさみ、眉をひそめてドアのそばにすわっていた。ロックはかたときも落ちつく暇がなく、食事をしたのも、午後一時過ぎてからであった。食後、シェレメーチェフ家に前からあった寝椅子を涼しい木蔭に持ち出して、そこで一時間ほど昼寝をし、それからソフホーズのライ麦で作ったクワス*を飲んで、温室に行ってみたが、このときは、すべて秩序整然としていた。年をとった守衛は筵《むしろ》の上に腹這いになって、目をしょぼしょぼさせながら、第一号の暗室のガラスの検査口をみつめていた。護衛兵もドアから離れず、居眠りなどもせずに見張っていた。

けれども、変わったこともないわけではなく、最後に卵を入れた第三号の暗室でも卵がしゅうしゅう、ごそごそと音を立てはじめ、あたかも卵のなかで何者かがすすり泣いてでもいるかのようであった。

「ほら、雛に孵るところだ」ロックは言った。「そうだ、雛に孵るのだ、いまにわかる。見ただろう?」と守衛に話しかけた。

「ええ、まったく驚くべきことです」守衛は首を振り、まったく信じかねるといった口調で答えた。

ロックはしばらく暗室のそばに腰をおろしていたが、しかし目の前では、ひとつも孵る気配がなかったので、腰をあげ、全身の節々を伸ばしながら、屋敷の外には出て行かないけれど、ちょっと池で水浴びをしてくる、なにかあったらすぐに呼びにきてほしい、と言った。彼は建物に駈けこみ、皺だらけのシーツのかかっているスプリングつきの小さなベッドがふたつ並び、床には、やがて生まれてくる雛の餌として用意された黍《きび》と青い林檎が山のように積まれている寝室に入り、けばだったタオルを手に取ったが、ちょっと考えたのち、もし時間があったら鏡のようになめらかな水のほとりで音楽を楽しもうと思って、フルートも持って行くことにした。元気よく家の外に駈けだして行き、ソフホーズの中庭を突っきり、柳の並木路を通って、池に向かった。ロックはフルートを小脇に抱え、タオルを振りまわしながら元気よく足を運んだ。真夏の空は柳の葉を透して熱気を降り注ぎ、うずくような身体は一刻も早く水に入ることを求めてやまなかった。右側には野牛蒡《ごぼう》の茂みがはじまっていて、そばを通り過ぎながら、ロックは茂みに唾を吐いた。すぐさま、大きな葉の錯綜した奥のほうで、さらさらと鳴る音が聞こえたが、それはまるで、だれかが丸太でも引きずっているような感じだった。一瞬、心臓をぎゅっと締めつけられるような不快な感じを覚えて、ロックは茂みに顔を向け、いぶかしがった。この二日間というもの、池は物音ひとつしなかったからだ。さらさらと鳴る音もやみ、野牛蒡の茂みの上には、なめらかな池の水面と水浴場の灰色の屋根が、人の心を惹きつけるように見えがくれしていた。蜻蛉《とんぼ》が数匹、ロックの前を飛んでいた。すでに木の橋のほうに曲がろうとしていたとき、突如として緑色の茂みのなかから、ふたたびさらさらと鳴る音が聞こえ、機関車から蒸気や油が勢いよく出るときみたいに、しゅっ、という短い音がつづいた。ロックは耳をそばだてて、壁のように雑草の密生している茂みを眺めはじめた。

「アレクサンドル・セミョーノヴィチ」このとき、ロックの妻の声が響き、白いブラウスが閃いては消えたが、ふたたび苺畑のなかから現われた。「待って、あたしも水浴びに行くわ」

妻は池へ急いでいたが、ロックはなにも答えずに、全神経を野牛蒡に集中していた。灰色と暗緑色の丸太が目の前で大きくなりながら茂みから立ちあがりはじめた。なにか濡れているような黄色がかった斑点が丸太一面にばらまかれているようにロックには思えた。それは曲がりくねり、ひくひくと震えながら伸びはじめ、曲がった低い柳の背丈を越えるほど高く伸びあがった。……それから、丸太の先端が折れ、いくぶん傾いたかと思うと、高さからいって、モスクワの電柱を思い出させるようなものがロックの頭上におおいかぶさってきた。しかしそれは、電柱よりも三倍ほどふとく、しかも鱗《うろこ》のような彫物があったために、はるかに美しかった。なにもよくは理解できないまま、全身に悪寒を感じながら、ロックは恐ろしい電柱の先端を見上げたが、すると数秒間、心臓の鼓動がとまってしまったほどだった。この八月の真昼に不意に厳寒が襲来したように思われ、そして、まるで夏のズボンを透かして太陽を見るみたいに、目の前に霞がかかったようになった。

丸太の先端には頭があった。それは扁平で、尖っていて、暗緑色をした地肌は、黄色くて丸い斑点で飾られていた。見開かれたままの、氷のように冷たそうな瞼《まぶた》のない細い目が、屋根のような頭の上についていたが、その目には、これまで見たこともなかったような憎悪の色が閃いていた。頭が空をついばむような動作をしたかと思うと、電柱のような胴体が野牛蒡のなかにすっかり隠れてしまい、目だけが残り、まばたきもせずにロックをみつめているのだった。全身に粘っこい汗をにじませながら、ロックはまったく思いもよらない言葉を口走ったが、それはただ、狂気にいたる恐怖の言わせた言葉であった。それほど、野牛蒡の葉のあいだから覗いている目はすさまじいものだったのである。

「なんといういたずらだ……」

それからロックは魔術師を思い浮かべた……そう……そうだ……インド……編籠と一枚の絵……呪文を唱えて魔法をかけているのだ。

頭がもう一度持ち上げられ、胴体も現われてきた。ロックはフルートを口もとに持ってゆき、かすれたような音をひゅっと鳴らし、それから、一秒ごとに息をつきながら、

『エヴゲーニイ・オネーギン』*のワルツを吹きはじめた。緑の茂みのなかの目は、このオペラにたいするはげしい敵意をみなぎらせて、燃え立ちはじめた。

「気でも狂ったの？　こんなに暑いところでフルートを吹くなんて」マーニャの明るくはずんだ声が聞こえ、ロックは右の目の端のあたりで、白いものが閃くのをとらえた。

それにつづいて、耳をつんざくような悲鳴が聞こえ、しだいに大きくなり、舞いあがるようにしてソフホーズ全体に響きわたったが、折れた片足を引きずるみたいにワルツは跳ねあがった。頭は緑の茂みから勢いよく前に突進しようとしたが、許してやるとでもいわんばかりに、ロックから目をそらせた。長さが十メートルほどもあり、ふとさは人間の胴ほどもある大蛇が、ばねではじかれたみたいに野牛蒡の茂みから跳び出してきたのである。埃の雨雲が道から舞いあがり、ワルツも終った。蛇はソフホーズ所長のすぐそばでひと振り身をくねらせたかと思うと、白いブラウスの見える道のほうにまっすぐに向かった。マーニャの顔が血の気を失い、黄色になり、長い髪の毛がまるで七十センチほどの針金のように頭上に突っ立ったのをロックははっきりと見た。ロックの見ている前で、蛇は一瞬、大きく口を開き、口からフォークに似たものを覗かせるや否や、埃の上に尻もちをついたマーニャの肩に咬みついたので、その身体は地上七十センチほどの高さに持ちあげられた。そのとき、マーニャは断末魔の悲鳴をあげた。蛇は十メートル近くもある全身を螺旋《らせん》状にくねらせ、尾の先で竜巻をあげながらマーニャをぐいぐい締めつけはじめた。彼女はいまやなにも声を立てず、ただ骨がめりめりと折れる音がロックの耳に達しただけである。マーニャの頭は地上高くでのたうちまわり、やさしく蛇の顔に頬ずりしていた。マーニャの口からは血が音を立ててほとばしり、折れた片手が突き出ていたが、その手のどの爪からも、血が噴水のようになって吹き出ていた。それから、蛇は顎の関節をはずして口を大きく開くや、いきなり自分の頭をマーニャの頭の上におおいかぶせたが、するとマーニャの頭は、まるで指に手袋をはめるように、するすると蛇の口のなかに入りこんでいった。蛇の口からは、ロックの顔にも感じられるほどの熱い息が四方に発散され、そして尾は、なまぐさい埃のなかにロックをなぎ倒さんばかりであった。この瞬間、ロックの頭髪は一挙にまっ白になったのである。黒靴のようであった頭が、最初に左半分、ついで右半分といった順序で、白髪におおわれた。彼ははげしい嘔吐を催し、死ぬほどの苦しみに耐えながら、ようやくのことでその道を離れ、そしてなにものも、だれの姿も目に入らず、野獣のような唸り声をあたり一帯に響かせながら走りだした……

第九章　生き物たちの大集団

ドゥギノ駅に駐在する国家政治保安部の部員シチューキンは、きわめて勇敢な男であった。同僚のポライチスという赤毛の男に向かって、彼は物思いに沈んだ口調で言った。「なあ、どうだ、出かけるとするか。おい？　オートバイで行こう」それからちょっと黙りこんで、ベンチに腰かけている男のほうを向いて、つけ加えた。「フルートぐらい置いたらどうです」

しかし、ドゥギノ駅にある国家政治保安部のベンチに腰かけて、わなわなと震えている白髪の男はフルートを置こうともせずに、泣いたり呻いたりしはじめた。そこで、シチューキンとポライチスは、フルートを男の手からもぎ取るほかないことを悟った。指がフルートにくっついたまま離れなくなっていたのだ。サーカスの力持ちと変わらないほどの大力の持主として知られていたシチューキンは、指を一本一本はずしていって、どうにか指を全部ひろげることができた。そしてフルートをテーブルの上に置いた。

マーニャの死んだ翌日、よく晴れた早朝のことである。

「あなたもいっしょに行ってくれますね」シチューキンはロックに向かって言った。「どこで何があったかを教えてください」

ところがロックは、恐怖にかられてさっと跳びのき、なにか恐ろしい幻影を見まいとでもするかのように、両手で顔をおおった。

「教えてもらわないと困るのですがね」ポライチスがきびしい口調でつけ加えた。

「無理だよ、ほっておきたまえ。どう見ても、正気じゃない」

「わたしをモスクワに行かせてください」とロックが泣きながら頼んだ。

「まさか、もう二度とソフホーズに戻らないつもりではないでしょうね？」

しかしロックは、返事のかわりに、またもや両手で顔をおおったが、その目からは恐怖が流れ出た。

「まあ、いいだろう」シチューキンは決断した。「どうせ、実際、無理みたいだ……それくらいは、顔を見ただけでわかる。いますぐ急行がきますから、それに乗って行けばいいでしょう」

それから、駅員のもってきた水を、縁のかけた青いコップに歯をがちがちと当てながらロックが貪るように飲んでいるあいだに、シチューキンとポライチスは意見をとりかわした。ポライチスは、そんなことは絶対にあるはずがない、ロックが精神錯乱に陥り、恐ろしい幻覚に悩まされているだけだ、と主張した。シチューキンのほうは、ちょうどいま、グラチェフカでサーカスがかかっているので、そこから大蛇が逃げ出したのではないかという考えに傾いていた。いかにも根拠のない二人のひそひそ話を聞くと、ロックは腰をあげた。彼はいくぶん正気をとり戻したようすで、聖書に出てくる預言者のように両手を差し延べながら言った。

「わたしの話を聞いてください。聞いてください。いったい、どうして信じてくれないのです？　本当にあった話ですよ。妻がどこにいると思います？」

シチューキンは急に口数が少なくなり、真剣な表情を浮かべて、さっそく、グラチェフカに一通の電報を打った。シチューキンの指図に従って、三人目のゲー・ペー・ウー部員が、厳重な監視のもと、ロックをモスクワまで護送することとなった。シチューキンとポライチスは探索に出かける準備をはじめた。二人の持っている武器は電気ピストルが一挺という状態だったが、それだけでも護身用としては充分な、すぐれた武器であった。接近戦用として開発され、フランスの兵器技術の誇りといわれている二七年式のこの五十連発ピストルは、せいぜい百歩の距離にしか効力がなかったとはいうものの、直径二メートルの射程距離内なら、すべてを一撃のもとに射殺できる性能をもっていた。撃ちそこねることは、まずありえなかった。まばゆく光るこの電気ピストルをシチューキンが身につけ、ポライチスのほうは普通の二十五連発機関銃で武装し、弾帯を身につけ、一台のオートバイに同乗して、ひんやりとする朝露の降りた街道を、一路、ソフホーズを目ざした。オートバイは駅とソフホーズとを隔てている五キロの道をわずか十五分でとばして（ロックのほうは、絶えず死の恐怖に怯え、道ばたの草に身を隠したりしながら、ひと晩かかってその道を歩きつづけたのだった）、太陽がかなり強く照りはじめたころ、トーピという名の小川が麓のあたりにうねっている小高い丘の上に、砂糖で作ったような円柱のある壮麗な建物が緑を背景にして浮かびあがっているのが目に入った。死の静寂が周囲を支配していた。ソフホーズの入口のすぐ近くで、シチューキンとポライチスは百姓が乗っていた一台の荷馬車を追い越した。百姓はたくさん袋を積みこんで、急がずにゆっくりと馬を進めていたので、またたくまに、はるか後方にとり残された。オートバイが橋を渡ると、ポライチスはだれかを呼び寄せようと思って角笛を鳴らしはじめた。しかし、だれからも、どこからも、それに応じるものはなく、遠く離れたコンツォフカ村のあたりから気ちがいじみた犬どもの吠え声が聞こえてくるばかりだった。オートバイは速度を落として、緑色をおびた青銅の獅子の像が左右に並んでいる門に近づいた。埃をかぶり、黄色いゲートルを巻いた二人はオートバイから跳び降りると、錠のついた鎖でオートバイを鉄格子に結びつけて、中庭に入った。物音ひとつしない静寂が二人を驚かせた。

「おーい！　だれかいないか！」シチューキンが大声で呼んでみた。

しかしその低音《バス》に応ずる者は一人もいなかった。二人はしだいに不審の念をつのらせながら、中庭をぐるりとひとまわりした。ポライチスは顔をしかめた。シチューキンも亜麻色の眉をしかめて、深刻ぶった表情であたりを眺めはじめた。閉めきった窓越しに台所を覗きこんだが、そこには人影ひとつなく、床一面に食器の白いかけらが散らばっているのが見えただけである。

「おい、実際に、なにか起こったようだぞ。これを見れば間違いなしだ。たいへんな事件だ」ポライチスが言った。

「おい、だれかいないか！　おーい！」シチューキンが叫んだが、それに応えたのは、台所の丸天井の下に響くこだまだけであった。

「まったく、わからん！」シチューキンがぼやいた。「いくら大蛇だって、一時に一人残らず飲みこめるはずはない。それとも、みんな逃げ出したのだろうか。家のなかに入ってみよう」

円柱の並んだヴェランダのある建物へと通ずるドアはすっかり開け放たれ、なかはまったくがらんとしていて、だれもいなかった。二人は中二階にまで上がって、ドアというドアをすべてノックして開けてみたが、なんの手がかりも得られなかったので、死んだようにひっそりと静まり返っている正面玄関の階段を降りて、ふたたび中庭に出た。

「ひとまわりしてみよう。温室も覗いておこう」シチューキンが命令した。「隅々まで見まわったうえで、電話をすればよい」

二人が煉瓦を敷きつめた小道づたいに花壇のそばを通り抜け、裏庭を横切ると、温室の輝いているガラスが目に入った。

「ちょっと待て」シチューキンは小声で注意し、ピストルを腰から引き抜いた。ポライチスも緊張した面持で機関銃を手に持ち直した。温室と、その背後あたりから、奇妙な、ひじょうによく響く音が聞こえてきたのだ。それは機関車が蒸気を立てているような音に似ていた。ざあ、ざあ……ざあ、ざあ……しゅう、しゅ、しゅ……温室が唸っていた。

「おい、気をつけろよ」とシチューキンが囁《ささや》き、二人は靴音を立てないようにつとめながら、ガラスの温室のすぐそばまで接近して、なかを覗きこんだ。

　そのとたん、ポライチスはうしろに跳びのき、顔をまっさおにした。シチューキンはぽかんと口を開け、ピストルを手に握りしめたまま、立ちすくんだ。

　温室全体が、まるで無数の虫がうごめいているように生きていた。巨大な蛇が何匹もとぐろを巻いたり、まっすぐに伸びたり、しゅうしゅう音を立てては向きを変えたり、頭をくねらせたりしながら温室の床の上を這いまわっていたのだ。割れた卵の殻が床に散らばり、蛇の胴の下でめりめりと音を立てて砕けていた。上のほうでは強力な大きな電球がぼんやりとともっていたので、温室の内部が、映画で見るような奇妙な光で照らし出されていた。床の上には、まるで写真機の大きな黒い箱のようなものが三つ置かれていたが、そのうちの二つは脇のほうに押しやられ、明かりも消えて、傾きかげんに立っており、三つ目の箱には、さして大きくはない赤い光線がゆらめきながら燃えていた。大小さまざまな蛇が電線の上を這ったり、窓枠をつたって登ったり、天井の隙間から這い出したりしていた。大きな電球の上に、長さ三メートルもあるまっ黒なまだら蛇がぶらさがり、その頭が、振子のように電球のそばで揺れている。がらがら蛇の一種がしゅうしゅうと音を立てて、温室からは、淀んだ池に特有の奇妙な腐臭が発散している。さらに、埃っぽい隅のほうに積み重なっている白い卵の山、暗室のそばで身じろぎもせずに横たわっている異常なまでに脛の長い一羽の鳥、ドアのそばで銃を持ったまま倒れている灰色の軍服を着た男の死体などが、二人の目にぼんやりと見分けられた。

「引き返せ」とシチューキンは叫び、左手でポライチスを引き戻し、右手でピストルを持ちあげながら後退しはじめた。彼は九回ほど発砲し、しゅっしゅっと音を立てて、温室のそばに緑色がかった稲妻を投げかけることができた。恐ろしいほど音が強まり、シチューキンの発砲に応えて、温室全体がすさまじい勢いで行動を開始し、あらゆる隙間に、平べったい頭がちらつきはじめた。轟音はすぐさまソフホーズのいたるところにひろまりはじめ、あちこちの壁に稲妻の閃光を映しだした。ポライチスはあとずさりしながら機関銃を撃ちまくった。そのとき、四つ足をした奇怪な動物がごそごそと音を立てるのを背後に聞きつけたポライチスは、いきなり仰向けに倒れながら、おぞましい悲鳴をあげた。外側に湾曲した足、緑がかった土色の胴体、口の突き出た大きな顔、鋸の歯のようなぎざぎざのついた尻尾をもった巨大な蜥蜴《とかげ》に似た怪物が納屋の陰から跳び出してきて、ポライチスの片足にがぶりと咬みつき、地面になぎ倒したのである。

「助けてくれ」とポライチスは叫んだが、その瞬間、左手が怪物の口のなかに入り、ぽきりと音を立てて折れ、それを右手で持ちあげようとむなしい努力をつづけながら、地面に落とした機関銃を引き寄せた。シチューキンははっとふり返って、落ちつきを失った。一発はピストルを撃つことができたのだが、同僚を射殺するのではないかという不安があったため、銃弾はひどく横にそれてしまった。二発目は温室のほうに向けて撃ったが、それというのも、あまり大きくはない蛇の頭のあいだから深緑色をした巨大な頭がぬっと突き出たかと思うと、彼のほうに向かって胴体がするすると近づいてきたからである。この一発で大蛇を撃ち殺すと、シチューキンはふたたび、すでに鰐《わに》の口のなかで死にかかっていたポライチスのそばを跳びまわりながら、同僚を傷つけずにこの怪物を退治するにはどこを撃てばよいかと、都合のよい場所を探していた。ついに、絶好の場所を選びだした。電気ピストルが二度火を吹き、周囲を緑色がかった光で照らしだすと、鰐はひと跳びしただけで長く伸びてしまい、そのまま硬直して、ポライチスを放した。ポライチスの袖からも、口からも血が吹き出て流れていたが、無事な右手をついて身を起こし、折れた左足を長く伸ばした。その目からはすでに光が消えはじめていた。

「シチューキン……逃げろ」ポライチスはすすり泣きながら呻いた。

シチューキンは温室の方向に何度か発砲し、温室のガラスが飛び散った。しかし深緑色をした弾力のある巨大なばねが背後の地下室の窓から跳び出してきて、全長十メートルもある胴で中庭じゅうを占領しながらするすると這ってくると、あっという間にシチューキンの両足にからみついた。彼は地面に投げ倒され、ぴかぴか光るピストルが横にはじきとばされた。シチューキンはあらんかぎりの声をふりしぼって叫んだが、すぐに息がつまってしまい、それから、とぐろを巻く蛇に全身が完全につつまれ、頭だけしか残らなくなった。それでも最後にとぐろが頭に及び、皮を剝《は》ぎ取られた頭はめりめりと音を立てて割れてしまった。もはやそれ以上、ソフホーズには一発の銃声も聞こえなかった。しゅうしゅうと鳴る響きがいっさいの物音を圧倒し、消してしまったのである。そしてこれに応じるみたいに、はるか遠くのコンツォフカから吠え声が風に運ばれて聞こえてきたが、その吠え声が、犬の声なのか、あるいは人間の声なのか、もはや聞き分けることはできなかった。

第十章　大惨事

『イズヴェスチヤ』紙の夜の編集局には、電灯が煌々《こうこう》とともり、ふとった編集長は鉛の台の上で、各地から届いた電報からなる「共和国連邦だより」を紙面の二面に組み入れていた。一枚の校正刷りに目をとめた彼は、鼻眼鏡越しにじっとそれをみつめ、急に大声をあげて笑いだし、校正室から校正係や製版係を呼び集めて、この校正刷りを見せた。湿った紙の小さな棒組には、こう印刷されていた。

《グラチェフカ、スモレンスク県。馬ほどの大きさ、馬と同様に足で蹴とばす習性のある鶏が郡内に出現。尻尾のかわりに、ブルジョア婦人帽を飾る羽根がついている》

植字工たちが腹をかかえて笑いだした。

「昔、こんなことがあったよ」編集長がふとい声でひひひと笑いながら言いだした。「イワン・スイチンの『ロシアの言葉』*で働いていたとき、酒に酔った勢いで象を出したことがある。嘘じゃない。それで今度は、駝鳥が出てきたというわけか」

植字工たちはどっと笑った。

「これは、たしかに駝鳥ですね」製版係が言った。「それで、載せることにしますか、イワン・ヴォニファチエヴィチ?」

「何を言うのだ、きみ、しっかりしてくれよ」編集長が答えた。「秘書がどうしてこんなものを載せようとしたのか、驚くよ。まったく、酔っぱらいの電報じゃないか」

「飲みすぎたのですよ、きっと」と植字工たちは同意し、そして製版係はこの駝鳥の記事を鉛版から取りはずした。

こういうわけで、翌日の『イズヴェスチヤ』は、いつものように面白い材料をたくさん掲載しておきながら、グラチェフカの駝鳥については一行も報じなかった。『イズヴェスチヤ』の熱心な読者であるイワノフ助教授は、自分の研究室で新聞を丸めると、あくびをひとつして、なにも面白い記事はなかったとつぶやいて、白衣を着はじめた。しばらくすると、研究室ではガス・バーナーが燃えだし、雨蛙ががあがあ鳴きだした。このとき、ペルシコフ教授の研究室では、たいへんな騒ぎがもちあがっていた。パンクラートはおどおどしたようすで、ズボンの縫い目にそって両手を伸ばし、直立不動の姿勢をとっていた。

「わかりました……はい」彼は言った。

ペルシコフは封蠟した封筒を手渡しながら、命じた。

「畜産部長プターハのところに直行して、面と向かって言ってやれ、おまえは豚野郎だとな。このわたしが、ペルシコフ教授がそう言った、と伝えるのだ。そしてこの封筒を渡してくれ」

〈たいへんなことになったぞ〉と思って、パンクラートはまっさおになり、封筒を持って立ち去った。

ペルシコフは腹の虫がおさまらなかった。

「これはいったい、なんということだ」研究室のなかを歩きまわり、手袋をはめたまま両手をこすり合わせながら、愚痴をこぼした。「こんなことは、わたしと動物学全体にたいする驚くべき愚弄だ。あんな呪わしい鶏卵はどんどん取り寄せているくせに、もう二カ月も経つというのに、わたしが必要不可欠なものを受けとれないなんて。アメリカは遠いとでも言わんばかりではないか！　相も変わらぬもたつき、相も変わらぬ醜態」ペルシコフは指を折って、かぞえはじめた。「捕獲するのに……そう、どんなにかかっても十日、いや、十五日とみてもよい……いや、二十日かかっても構わない、大西洋横断が二日、ロンドンからベルリンまでが一日……ベルリンからここまでは六時間だ……そうだとすれば、まったく醜態としか言いようがない……」

ペルシコフはすさまじい勢いで電話機にとびかかり、どこかに電話をかけはじめた。

教授の研究室には、なにかしら神秘めいて危険きわまりない実験の用意がすっかりととのい、ドアの隙間に貼りつける細長い紙や送風管のついた潜水用のヘルメットがあり、《化学産業協会》とか《手を触れるべからず》とかいうラベルや、髑髏《どくろ》の下に骨を交差した絵などのついている水銀のように光っているボンベがいくつかあった。

教授が心を落ちつけてこまごまとした仕事に着手するまでには、少なくとも三時間は必要だった。いつでも、そうであった。夜の十一時まで動物学研究所で仕事をしていたので、クリーム色の研究所の壁の外で起こっていることは、まったくなにも知らなかった。モスクワじゅうにひろまっていた大蛇についてのばかげた噂も、夕刊紙に掲載された奇怪でセンセーショナルな電報も知ることがなかったが、それも無理からぬことで、この夜は、イワノフ助教授がモスクワ芸術座の『皇帝フョードル』*を観に行き、教授にニュースを伝える者がだれもいなかったからである。

ペルシコフは深夜にプレチステンカの自宅に帰り、横になったが、それでも寝る前に、ロンドンから送ってきた『動物学通報』という学術雑誌に掲載されている英文の論文をベッドで読んでいた。やがて彼は眠りに落ち、夜おそくまで活動をつづけていたモスクワも眠りに落ちたが、ただひとつ、トヴェルスカヤ通りにある大きな灰色の建物だけは眠ろうともせず、『イズヴェスチヤ』を印刷する輪転機が建物全体を揺り動かしながら轟音を立てていた。編集長室は、信じがたいほどの騒ぎと混乱でごった返していた。編集長は目をまっかにし、何をしたらよいかわからぬまま、気の狂ったように怒って、ありとあらゆる罵倒の言葉をみんなに浴びせかけていた。製版係がそのあとを追って、酒くさい息を吹きかけながら言った。

「仕方ないことです、イワン・ヴォニファチエヴィチ、たいしたことありませんよ、明日の朝、特別付録を出せばいいでしょう。いまさら、輪転機から新聞を引き出せませんからね」

その夜、植字工たちはだれも家に帰らず、群れをなしてぞろぞろ歩きまわり、何人かが集まっては電報を読みあげていたが、その電報というのは、いまではもう夜どおし休みなく、それこそ十五分ごとに入ってきて、しかも時を追ってますます奇怪なものとなっていった。アリフレッド・ブロンスキイのとがった帽子が印刷所を彩っていたまばゆいばかりのばら色の光のなかにちらつき、義足のふとった男はここかしこに姿を見せながら、足音を軋ませて、片足を引きずっている。正面玄関では、ドアがひっきりなしに鳴り、ひと晩じゅう、記者たちが出入りしていた。印刷所の十二台の電話は絶え間なく鳴りつづけ、交換台は謎めいた問い合わせの電話に、「通話中です」、「通話中です」とほとんど機械的に応答し、そして交換台に向かっていた寝ぼけ眼の若い娘たちの前では、ベルが休みなく歌いつづけていた……

植字工たちが義足のふとった男をぐるりと取り巻くと、遠洋航海の船長だったこの男は、彼らに言った。

「飛行機から毒ガスを撒布しなければなるまい」

「それしか方法はない」植字工たちが答えた。「まったく、これはなんということだ」それからひどく下品な罵倒の言葉が宙をとびかい、だれかの甲高い声が叫んだ。

「ペルシコフを銃殺すべきだ」

「ペルシコフは関係ない」人々の群れのなかから答えがあった。「ソフホーズのあの男が悪いのだ、銃殺すべきはあの男だ」

「厳重な護衛をつけておく必要があったのだ」だれかが叫んだ。

「そうだ、もしかしたら、あれは鶏卵ではなかったのかもしれん」

建物全体が輪転機の回転のために震動し、唸り、みすぼらしい灰色のこの建物が電気の火事で燃えさかっているような印象だった。

夜が明けても、この火事を消しとめることはできなかった。むしろ反対に、電気こそ消えたとはいうものの、火の勢いはかえって強まったくらいだった。オートバイがつぎからつぎとアスファルトの中庭にとびこんでき、そのあいまには自動車も入ってくるのだった。モスクワじゅうが決起し、白い新聞紙が鳥のようにモスクワをおおいつくしてしまった。新聞がばらまかれ、すべての人々の手のなかで音を立ててめくられ、その月には百五十万部の発行部数を誇っていた『イズヴェスチヤ』も、午前十一時には、どの新聞売りの少年も一部残さず売りつくしていた。ペルシコフ教授はバスに乗ってプレチステンカから動物学研究所にやってきた。研究所では、ニュースが彼を待ち受けていた。玄関ロビーには、きちんと鉄帯をかけた木箱が三つ置かれてあり、それには、ドイツ語の書きこまれた外国のラベルが貼られていて、《注意——卵》とロシア語が白墨で書かれていた。

嵐のような喜びが教授を襲った。

「とうとう着いたか」彼は叫んだ。「パンクラート、箱をすぐに開けてくれ、こわさないように、慎重にやってくれ。それから研究室に持ってきてくれ」

パンクラートはすぐさま命令を遂行し、十五分後には、鋸屑《のこぎりくず》や紙切れの散らばっている教授の研究室で、腹立たしげな声が響きわたった。

「あいつらときたら、ひとをばかにするにもほどがある」と教授はどなりながら、拳固を振りまわし、両手で卵をくるくるまわした。「プターハという男はなんという豚野郎だ。わたしを物笑いの種にするなんて、断じて許さんぞ。これはいったい何だ、パンクラート?」

「卵です」パンクラートは悲しそうに答えた。

「鶏の卵だ、そうだな、鶏卵だ、なんといまいましいやつらだ! こんなものが、わたしに何の役に立つというのだ? こんなものは、あのソフホーズの野郎にでも送りつけてやればいいのだ!」

ペルシコフは隅にあった電話機に突進したが、電話をかけることはできなかった。

「ウラジーミル・イパーチイチ! ウラジーミル・イパーチイチ!」研究所の廊下で、イワノフの声が響きわたった。

ペルシコフは電話のそばを離れ、パンクラートは助教授にさっと道をあけようと、脇に跳びのいた。イワノフはいつもの紳士的な物腰にも似ず、あみだにかぶった灰色の帽子も脱がず、新聞を手に研究室に飛びこんできた。

「ご存知ですか、ウラジーミル・イパーチイチ、たいへんなことが起こったのですよ」と叫ぶなり、ペルシコフの顔の前で『特別付録』と題された新聞を振りまわしたが、新聞の中央には、色刷りの絵が大きく掲載されていた。

「いや、それよりも、あいつらが何をしたか、聞いてくれたまえ」ペルシコフは相手の言うことを聞こうともせずに、返事のかわりに叫んだ。「鶏卵でわたしを驚かそうと考えたのだよ。あのプターハときたら、骨の髄までばかな男さ、これを見てくれよ！」

イワノフはすっかりあっけにとられてしまった。蓋の開けられた箱をこわごわと覗きこみ、それから新聞のほうに目を移したが、やがてその目は、顔から飛び出さんばかりになった。

「なるほど、そういうことか」あえぎながらイワノフはつぶやいた。「これでやっとわかった……いや、ウラジーミル・イパーチイチ、ほら、ご覧なさい」すぐさま新聞をひろげ、震える指で色刷りの絵を教授に示した。そこには、恐ろしい消防ホースのように、黄色い斑点のある深緑色をした蛇が奇妙な緑色に塗りつぶされ、うねっていた。これは蛇の群れの上を用心深くかすめるようにして軽飛行機から撮影した俯瞰図であった。

「これは何だと思いますか、ウラジーミル・イパーチイチ？」

ペルシコフは眼鏡を額に押しあげ、それからふたたびもとにもどし、絵をじっとみつめてから、極度の驚きを浮かべて言った。

「何ということだ。これは……そうだ、これはアナコンダ、＊つまりボアだ……＊」

イワノフは帽子を投げ捨て、椅子に腰をおろして、一語一語を口にするたびに拳固でテーブルをたたきながら言った。

「ウラジーミル・イパーチイチ、これはスモレンスク県のアナコンダです。怪物ですよ。おわかりになりますか、あのいかさま野郎が鶏のかわりに蛇を孵《かえ》したのですよ、それも、いいですか、蛙と同じように、蛇どもに異常な繁殖力を与えたのですよ」

「何だって？」とペルシコフは答えたが、その顔はどす黒くなった。「冗談だろう、ピョートル・ステパーノヴィチ……いったいどうして？」

イワノフは一瞬、二の句が継げなかったが、間もなく言葉がよみがえり、黄色い鋸屑のなかから白い卵の頭が光っている、蓋を開けた箱を指さして、言った。

「ほら、これですよ」

「何だって？」察しのつきはじめたペルシコフは吠えた。

イワノフは確信ありげなようすで拳固を握りしめた両手を振って、どなった。

「ご安心ください。連中はまちがえて、あなたの注文なすった蛇や駝鳥の卵をソフホーズに送り、あなたのところには鶏の卵をよこしたのですよ」

「なんということだ……なんということだ」とペルシコフはくり返し、顔をまっさおにして回転椅子に腰をおろした。

パンクラートは茫然自失し、まっさおな顔をしてドアのそばに立ちつくし、口をきくこともできなかった。イワノフはとびあがって新聞をひっつかむと、記事の一行一行を先の尖った指でたどりながら教授の耳もとで、大声で喚きはじめた。

「さあ、これからが、いよいよ面白くなっていきますよ！……このさき、何が起きるものやら、まったく想像もつきません。ウラジーミル・イパーチイチ、いいですか」皺くちゃになった新聞の最初に目に入った記事を、声に出して読みはじめた……「蛇は群れをなしてモジャイスク方面をめざして進行中である……無数の卵を産み落としながら。その卵はドゥホフスク郡でも発見された……鰐《わに》と駝鳥も出現した。特務部隊……およびゲー・ペー・ウーの部隊はヴャージマ郊外の森に火を放って蛇群の進行を阻み、からくも同市の恐慌を鎮圧することに成功した……」

ペルシコフは赤くなったり、青くなったりしながら、狂気じみた目をして椅子から立ちあがると、息をはずませ、どなりはじめた。

「アナコンダ……アナコンダ……ボア！　おお、なんということだ！」このような状態になった教授を、イワノフも、パンクラートも、これまで一度として見たことがなかった。

教授は一気にネクタイを引き抜き、ワイシャツのボタンをむしり取ると、恐ろしい発作に見舞われたみたいに顔をまっかにし、まったく輝きのないガラス玉のような鈍い目をして、ふらふらしながら、いずこへともなくとびだして行った。号泣が研究所の石でできた丸天井の下に響きわたった。

「アナコンダ……アナコンダ……」こだまが鳴り響いた。

「教授をつかまえろ！」恐怖のあまり、同じ場所で足をじたばたさせていたパンクラートに向かって、イワノフが金切り声をあげた。「教授に水を差しあげろ……発作を起こしたのだ」

第十一章　戦いと死

モスクワの夜は、狂気じみた電灯の明かりが消えることなく燃えつづけていた。一面、燃えさかる灯火の海で、どの住居でも、笠を取りはずした電灯のともっていないような部屋はひとつとしてなかった。人口四百万をかぞえるモスクワの町のどの住居でも、物事の判断のつかぬ子供を除けば、だれ一人として寝ている者はいなかった。どの住居でも、人々は手当り次第に飲み食いし、どの住居でも、人々はなにごとかを叫び、建物のどの階の窓からも絶えず歪んだ顔を突き出して、縦横にサーチライトで切り裂かれた空をじっと見あげていた。空にはひっきりなしに白い火が燃えあがり、青白い円錐形をモスクワに投げかけたかと思うと、しだいに輝きを失って消えていった。低空飛行をする飛行機の爆音で空は小止みなく唸りつづけていた。とりわけ修羅場と化していたのは、トヴェルスカヤ通りからヤムスカヤ通りにかけてであった。アレクサンドロフ駅*には十分おきに列車が到着していたが、それは貨車であれ、一等車であれ、二等車であれ、それこそタンク車であってもおかまいなしに、手当り次第連結し、死に物狂いになった人々を満載した列車であった。トヴェルスカヤからヤムスカヤにかけての通りでは、人波がごった返し、バスに乗って行く者、市電の屋根に乗って行く者などがおり、たがいに押し合いへし合いして、車輪に轢かれる者も少なくなかった。駅では、不安げな銃声が群集の頭上に絶えずとびかっていたが、それはスモレンスク県からモスクワを目ざして鉄道線路づたいに逃げてくる血迷った群衆の恐慌を押しとどめるために軍隊が発砲しているのだった。駅の窓ガラスは絶えず物狂おしい悲鳴をあげながら飛び散り、すべての機関車が警笛を鳴らしていた。通りという通りには、ポスターが破り捨てられ、踏みにじられ、散らかっていたが、その同じポスターが強力な赤い反射灯に照らされて建物の壁からみつめてもいた。もうだれにも知れわたっていたので、読もうとする者もいなかった。ポスターには、モスクワが戒厳令下に置かれる旨が布告されていた。また、そのポスターには、恐慌にたいする厳重な警告が記され、毒ガスで武装した赤軍部隊がつぎつぎとスモレンスク県に派遣されていることも報じられていた。しかし、それらのポスターも、騒然とした夜を抑えることはできなかった。どの住居でも、人々はあわてふためき、食器や花瓶を落としてこわしたり、角にぶつかって転んだりしながら駆けだしたり、なにかの包みやトランクに品物を詰めこんだり、取り出したりして、カランチェフスカヤ広場やヤロスラーヴリ駅やニコラーエフ駅*に駆けつけようと、むなしい希望を抱いてあたふたとしていた。ところが悲しいかな、北や東へと向かう列車の出発する駅は、歩兵隊にびっしりと包囲され、箱を山ほど積みあげ、さらにその上に、銃剣を四方に突き出し、さきの尖ったヘルメットをかぶった赤軍兵を乗せた大型トラックが何台も何台も、車体を揺すり、鎖をがちゃがちゃ鳴らして進んでいたが、それは、大蔵省の地下室に貯蔵されていた金貨と、《取扱い注意。トレチヤコフ美術館》とラベルの貼った大きな箱を運び出していたのである。無数の自動車がクラクションを鳴らしながら、モスクワじゅうを走りまわっていた。

はるか遠くの空には火事の照り返しがゆらめき、八月の濃い闇を震わせながら砲声がひっきりなしに聞こえていた。

その翌朝、それこそひとつの明かりを消すこともなく、完全な不眠のうちに夜を明かしたモスクワでは、長蛇の列をなした騎兵隊が何千という蹄の音を木煉瓦《トルッ》の舗道の上に高らかに鳴らし、すれちがういっさいのものを玄関口やショーウィンドーに押しつけ、ガラスを割りながら、トヴェルスカヤ通りを進んで行った。騎兵たちの赤い防寒帽の端が灰色の背中に躍り、槍の先が空を突き刺していた。駈けずりまわり、大声をはりあげていた群衆は、煮えたぎってあふれ出たスープのように狂奔している人々の群れをかき分けて前進してゆく隊列を見るや、急に生き返ったようになった。歩道の群衆は希望をこめ、訴えるような口調で叫びだした。

「騎兵隊万歳！」熱狂した女たちの声が叫んだ。

「万歳！」男たちがそれに呼応した。

「押さないでくれ！　つぶされる！」どこかで唸り声がした。

「助けて！」歩道から悲鳴があがった。

巻たばこの箱や銀貨や時計が歩道から隊列のなかに飛び、何人かの女などは舗道にとびだし、身の危険もかえりみずに騎兵隊の列の両側から走り寄り、馬の鐙《あぶみ》にしがみついてキスしたほどである。絶え間ない馬蹄の音に混じって、ときおり、小隊長の声が甲高く響きわたることがあった。

「手綱を引け」

どこからともなく、不揃いな声ではあったが、楽しげな歌が聞こえてき、赤い防寒帽をあみだにかぶった兵士の顔が、ゆらめくネオンの光を受けながら、馬上から群衆を見おろしていた。顔になにもつけていない騎兵の隊列を絶えずさえぎりながら、奇妙なマスクで顔をおおい、背中に管とボンベを皮紐で吊るした奇妙な格好をした兵士たちが馬に乗って現われた。そのあとから、消防車のもっているような長いホースをつけた大きなタンク車や、小さな銃眼だけ光らせて、あとはすっかり鉄でおおわれた重量感のある戦車がキャタピラーで舗道の木煉瓦を砕きながら、のろのろと這っていった。騎兵の列は灰色の装甲車にもときどき中断されたが、その車にも、やはり管が外側に突き出ていて、その両脇には《ガス》とか《化学産業協会》とか書かれていた。

「助けてくれ、兄弟たち」と歩道から叫び声があがる。「蛇どもを殺してくれ……モスクワを救ってくれ！」

「母さんを……母さん」という声が隊列に流れた。巻たばこの箱が明るく照らし出された夜空に飛び、狂乱する人々に向かって、馬上の兵士たちは白い歯をむき出して笑いかけていた。隊列から、心をかきむしるような、うつろな歌声が響いてきた。

……エースも、クイーンも、ジャックも、何の役にも立たぬ、

われらは必ず敵どもを打ち負かす、

四枚目の切り札など、ありはせぬ。

ごった返しのこの騒ぎを圧倒するみたいに、「万歳」と叫ぶ歓声が轟きわたったが、十年も前からすでに伝説の人物となっていた白髪の老騎兵隊長が、ほかの者と同じように赤い防寒帽をかぶって騎兵隊の先頭に馬を進めているという噂がひろまったためであ

る。群衆は吠え、不安にかられた心をいくぶん静めつつ、「万歳……万歳」と叫ぶどよめきが、空高く昇っていった。

＊

動物学研究所には、明かりはほんのわずかしかともされていなかった。今回の事件も、研究所には、とぎれとぎれで、とりとめのない鈍い反響となって伝わってくるにすぎなかった。ただ一度、マネージナヤ広場の近くにある電光時計台の下で一斉射撃をする銃声が轟いたが、それはヴォルホンカにある住居を襲おうとした掠奪者たちをその場で銃殺したときの音であった。ここでは、通りを走る自動車の数も少なかった。自動車はすべて駅を目ざして疾走していたからである。電灯がただひとつぼんやりとともり、わびしげな光線をテーブルに投げかけている研究室で、ペルシコフ教授は両手で頭をかかえこんですわり、沈黙していた。周囲には、たばこの煙が層をなしてたちこめていた。暗室の光線は消えていた。いまは飼育箱の雨蛙もすでに眠りこんでしまい、鳴りをひそめていた。教授は仕事もせず、本も読んでいなかった。左肘《ひじ》の下には、夕刊が置かれてあったが、小さな枠に囲まれた電報記事は、スモレンスクが全焼し、砲兵隊がモジャイスクの森を包囲し、湿った窪地に産みつけられた鰐《わに》の卵を破壊するために砲撃を加えていると伝えていた。また、飛行中隊がヴァージマ近辺のほぼ全郡にわたって毒ガスを撒布することに成功したが、それでも、住民が整然と避難しないで恐慌をきたし、身の危険と恐怖のあまり、いくつかのグループを作って自分勝手にあちらこちらに逃げ出したために、この地域における人命の犠牲は多数にのぼったという報道もあった。別の報道によると、モジャイスク方面において、独立コーカサス騎兵師団が駝鳥の大群と戦って輝かしい勝利を収め、敵を全滅させ、大量の駝鳥の卵を破壊した。しかもこの際、騎兵師団のこうむった被害は微々たるものであったということである。そのほかにも、政府発表として、万一、首都周辺二百キロの地帯でいまわしい蛇どもを阻止できなかったならば、モスクワは完全な秩序を保ちながら撤退するという記事も出ていた。勤労者ならびに労働者は完全に平静を保っていなければならない。政府は、スモレンスクの歴史、つまり突如として数千匹の巨大な蛇の襲撃にあって極度の混乱に陥った人々が火の始末もせずに逃げ出したために、市のいたるところで火災が発生し、取り返しのつかぬ結果となったあの歴史をくり返さぬように、きわめて厳重な処置をとるとのことであった。モスクワの食糧は少なくとも半年は保証されていること、そしてもしも、赤軍、飛行中隊、騎兵中隊によっても爬虫類の襲来を押しとどめられないような場合には、首都で市街戦を行なうために、住居を防衛する緊急処置を最高司令部会議が講ずることも発表されていた。

ペルシコフ教授はこのような記事などはなにも読まず、ガラスのような目で前方をみつめながら、たばこをふかしていた。このとき研究所にいたのは、彼のほかにはわずかに二人、パンクラートと家政婦のマリヤ・ステパーノヴナだけだったが、自分に残されたたったひとつのもの、いまは電気もつかぬ暗室をどうしても見捨ててゆくことのできなかった教授とともに家政婦も研究室に泊りこみ、もう三晩も一睡もせずに、絶えまなく涙を流して泣きつづけていた。いま、マリヤ・ステパーノヴナは研究室の薄暗い片隅に置かれたクロース張りのソファに腰をおろし、物悲しい思いに沈み、教授のために湯をわかそうと、三脚のガスコンロにかけたやかんが沸騰するのを見守りながら、じっと黙りこんでいた。研究所が完全な沈黙に支配されていたとき、不意に事件が起きたのである。

歩道のほうから憎悪のこもった甲高い叫び声が突如として聞こえたので、マリヤ・ステパーノヴナは思わず跳びあがって、悲鳴をあげた。通りには街灯の明かりがちらちらし、玄関ロビーからパンクラートの答える声がした。教授はこの騒ぎもよく聞きとれなかったようである。一瞬、頭をあげて、「なんで、怒り狂っているのだ……いまのわたしに何ができるというのだ」とつぶやいただけだった。そしてふたたび、没我の状態に陥った。しかし、それも破られた。ゲルツェン通りに面した鉄のドアがすさまじい音を立て、あらゆる壁が揺れはじめた。それにつづいて、隣の研究室の壁に掛かっていた大きな鏡が割れた。教授の研究室の窓ガラスも金属質の響きをあげて飛び散り、灰色の小石が窓から投げこまれ、ガラス台を打ち砕いた。飼育箱の雨蛙が跳びはね、けたたましく鳴きはじめた。マリヤ・ステパーノヴナは悲鳴をあげておろおろし、教授のそばに駈け寄ると、その手を取って、叫んだ。「逃げてください、ウラジーミル・イパーチイチ、逃げてください」

ペルシコフは回転椅子から立ちあがり、まっすぐに身を伸ばし、指を鉤形《かぎ》に曲げながら答えたが、その目には、一瞬、これまでと同様、インスピレーションにみちあふれたときを想起させる鋭い輝きがこもっていた。

「どこにも行かない」彼は言った。「まったくばかばかしいことだ。だれもが気の狂ったみたいに右往左往している……まあ、それもいいが、モスクワじゅうの者が気がふれたとしても、わたしがどこに逃げられる。どうかお願いだから、喚きたてないでくれたまえ。わたしにはまったく関係のないことだ。パンクラート！」と彼は呼び、ブザーを押した。

おそらくペルシコフは、つね日ごろ、いまわしく思っていたばか騒ぎを、パンクラートに収拾させたかったに相違ない。ところがいまは、パンクラートにもすでに手のほどこしようがなかった。すさまじい轟音がつづき、やがて研究所のドアが大きく開けられ、遠くからはぜるような銃声が聞こえ、それから石造りの研究所全体が人々の駈けずりまわる足音、叫び声、ガラスの割れる音などが充満するにいたった。マリヤ・ステパーノヴナはペルシコフの袖にとりすがり、どこかへ引っぱって行こうとしたが、ペルシコフのほうは、それを振りはらって、すっくと立ちあがると、白衣を着たまま、廊下に出て行った。

「どうした？」彼はたずねた。ドアがさっと開き、最初にドアのところに現われたのは、左の袖に赤い記章と星をつけた軍人の背中だった。彼は群衆の殺到するドアからじりじりとあとずさりしながら、うしろを向いたままピストルを撃った。それから彼は、ペルシコフのそばを通って逃げはじめ、教授に向かって叫んだ。

「教授、逃げてください、もう、わたしにはどうすることもできません」

その声に答えたのは、マリヤ・ステパーノヴナの悲鳴だった。軍人はまるで白い影像のようにして立ちつくしているペルシコフのそばを駈け抜けると、反対側の曲がりくねった廊下の闇のなかに姿を消した。人々はドアから飛び出しながら、喚きはじめた。

「やつをぶん殴れ！　ぶっ殺せ……」

「天下の悪党！」

「毒蛇をはびこらしたのはきさまだ！」

引きつった顔、ぼろぼろに引き裂けた服が廊下でもがきまわり、だれかがピストルを撃った。棍棒がちらついた。ペルシコフは少しあとずさりし、研究室のドアを閉めたが、研究室のなかには、マリヤ・ステパーノヴナが床に膝をつき、まるで磔《はりつけ》にされたみたいに両手を大きく開いていた……教授は群衆をなかに入れたくなかったので、苛立たしげに叫んだ。

「まったく気ちがい沙汰だ……きみらは野獣と同じだ。どうしてもらいたいというのだ？」と、唸りはじめた。「出て行ってくれ！」それから、だれもがよく知っている甲高い叫び声で言葉を結んだ。「パンクラート、こいつらを追い出せ！」

けれど、パンクラートはもはやだれ一人追い出すことはできなかった。パンクラートは頭をたたき割られ、服をずたずたに引き裂かれ、無数の靴に踏みつけられて、玄関ロビーで身動きもせずに倒れていたからだが、あとからあとからと押し寄せてくる群衆は、通りのほうから聞こえてくる民警の銃声にも耳を貸さずに、パンクラートの屍骸のそばを駈け抜けて行った。

猿の足のように曲がった足の持主で、破れたジャケット、破れたワイシャツといったいでたちの小柄な男が、だれよりもさきにペルシコフのところに突進し、棍棒の恐ろしい一撃で頭をたたき割った。ペルシコフはぐらりとよろめき、横ざまに倒れたが、「パンクラート……パンクラート」と言ったのが、彼の発した最後の言葉であった。

なんの罪もないマリヤ・ステパーノヴナまでが、研究室のなかで八つ裂きにされて殺され、光も消えてしまった暗室も粉々に打ち砕かれ、飼育箱もたたきこわされ、死に物狂いになって鳴きたてていた蛙も一匹残らず打ち殺され、踏みにじられ、ガラス台も粉みじんとなり、反射鏡も打ち砕かれ、そして一時間後には、動物学研究所は燃えさかる火につつまれ、そのそばには屍骸がうず高く積みあげられ、電気ピストルをもった民警が列をなして取り巻くなかを、消防自動車が水道から水を汲みあげては、轟音とともに長い炎の舌が吹きだしている窓々に奔流を降り注いでいた。

第十二章　危機を救った酷寒の神

一九二八年の八月十九日から二十日にかけての夜、古老たちでさえ、だれ一人として経験したことのないような空前の寒波が襲来した。酷寒《マローズ》は氷点下十八度に達しながらまる二昼夜にわたってつづいた。怒り狂ったモスクワは、窓という窓、ドアというドアをことごとく閉めきっていた。三日目の終りになって、二八年の首都をはじめ首都の管轄下にあって恐ろしい災難に見舞われた広大な地域を救ったのがほかならぬこの酷寒であったということを、市民はようやくにして悟った。モジャイスクに出動した騎兵隊は兵員の四分の三を失って疲弊しきっていたし、ガス部隊もまた、西部、西南部、南部から半円形を作ってモスクワを目ざして押し寄せていたいまわしい爬虫類の移動を阻止することはできなかった。

ところが、それらを一匹残らず殺してしまったのは寒波であった。さしもの憎むべき動物の群れも、二昼夜にわたる氷点下十八度の酷寒に耐えられず、八月二十日過ぎになって、じめじめした水たまりを地面に残し、湿っぽい空気を残し、時ならぬ冷えこみに焼けただれた緑葉を樹々に残しただけで寒波が消え失せたときには、もはや戦うべき相手は全滅していた。災難は終りを告げた。林も、畑も、果てしなくひろがる沼地も、いまだ、色とりどりの卵におおいつくされていて、そのなかには、どこへともなく姿をくらましたロックが「汚れ」と見まちがえたほど、これまで見たことのなかったような模様のついた卵も散在していたが、それらの卵も、いまはまったく害のないものとなっていた。もう死んでいて、なかの胚も生命力を失っていたからである。

果てしなくひろがる大地は、その後もかなり長いあいだ、ゲルツェン通りで天才の目のなかで生まれた神秘的な光線によってこの世に呼びだされた鰐《わに》や蛇の無数の屍骸のために腐臭を放っていたが、もう、なんの危険もなく、熱帯地方の腐敗した沼沢に生息する脆弱な生物はわずか二日のうちに全滅し、三県にわたる地域に恐ろしい悪臭と腐朽と膿汁を残しただけであった。

これらの動物や人間の屍骸のために広範な地域にわたって伝染病が長いあいだ流行し、さらに長いこと、軍隊がその地域を巡回しつづけていたが、それでもいまは、毒ガスではなくて、シャベルやつるはし、石油タンクやホースなどで地面を清掃していたのである。一九二九年の春までには、この清掃も終り、いっさいが片づいた。

二九年の春には、モスクワはふたたびネオンや電灯が輝き、踊り、回転しはじめ、そしてふたたび、自動車がこれまでと変わりなく市内を疾走し、大聖堂の尖塔の上には鎌のような月が糸で吊るされたようにかかり、二八年の八月に全焼した二階建ての動物学研究所の跡には新しい動物学宮殿が建てられ、イワノフ助教授がその所長となったが、ペルシコフはもういなかった。その後、人々の目の前に、確信ありげな指の鉤形《かぎ》が突き出されることは二度となかったし、もうだれ一人として、蛙の鳴き声に似た甲高い声を聞く者もいなかった。赤色光線についても、一九二八年の惨事についても、その後しばらくは人々の話題となり、世界じゅうの新聞や雑誌にも書きたてられはしたものの、やがて、ウラジーミル・イパーチエヴィチ・ペルシコフ教授の名前は霧につつまれ、彼が四月の夜に発見した赤色光線が消えてしまったのと同様、すっかり消えてしまった。この赤色光線は、上品な紳士、いまは教授に昇進したピョートル・ステパーノヴィチ・イワノフが何度となく実験してはみたものの、二度と蘇らせることはできなかった。第一の暗室は、ペルシコフの殺された夜に、憤慨した群衆の手で破壊されてしまった。ニコリスコエ村の《ソフホーズ・赤色光線》にあった三つの暗室は、飛行中隊と爬虫類との最初の戦闘で焼けてしまって、復元することはできなかった。レンズと光線との結合はきわめて単純なものだったにもかかわらず、イワノフがいくら努力しても、二度とあの結合を発見することはできなかった。おそらく、この結合を実現するには、知識以外になにか独得なものが必要であったものらしく、それをもっていた者は世界じゅうでただ一人、いまは亡きウラジーミル・イパーチエヴィチ・ペルシコフ教授しかいなかったようである。

［一九二四年十月　モスクワ］

訳　注

『悪魔物語』

頁

六　**コロトコフ**　「コロートキイ」(短い、背の低い)という形容詞から派生した姓。実際は「長身」であったのに、「小柄な男」という反対の意味をもち、ゴーゴリ以来の姓に意味を与えるロシア文学の伝統が受け継がれている。

八　**スボートニコフ、セナート**　いずれも、社会活動や政治機関名から派生した姓。「スボートニク」は無報酬で勤務時間外に社会活動として行なわれた奉仕労働。一九一九年にはじまり、当初、毎土曜日ごとに行なわれ、共産主義的土曜労働ともいわれた。「セナート」は帝政ロシアの元老院。

九　**オペラ『カルメン』**　フランスの作家プロスペル・メリメ(一八〇三—七〇)のスペインを舞台にした小説『カルメン』(一八四五)をもとに、フランスの作曲家ジョルジュ・ビゼー(一八三八—七五)が一八七四年に作曲した同名のオペラ。ブルガーコフの好きなオペラのひとつ。

一〇　**ボゴヤヴレンスキイ、プレオブラジェンスキイ**　それぞれ、「ボゴヤヴレーニエ」(受胎告知、神現祭)、「プレオブラジェーニエ」(キリストの変容、主の顕栄祭)から派生した姓。

一三 **アメリカ製の包帯** アメリカ救援機関(一九一九―二三)は第一次大戦後、疲弊したヨーロッパ諸国を救援するために設立された。一九二〇年はじめより、食糧、医薬品をソヴェト・ロシアにも提供するようになった。

一七 **化学鉛筆** 筆記用具。液体につけると紫色のインクのように書ける。口に含んで唾液をつけると書けることから、「さきを嚙った」という表現も出てくる。

一九 **ズボン下** 主人公コロトコフは、のちに判明するように、新工場長「カリソネル」の姓を「カリソヌイ(ズボン下)」と読み間違えたのである。

二一 **《アルプスの薔薇》** ソフィーカ(プシェーチナヤ通り)にあった有名なレストラン。

二二 **ギティス** ロシアの俳優・演出家フセヴォロド・エミリエヴィチ・メイエルホリド(一八七四―一九四〇)が一九二二年より指導した国立演劇大学(GITIS)の略称から派生した姓。

二九 **硬音符** 一九一七年のロシア革命後、ロシア語文法の正書法にも改革が行なわれ、革命前に用いられていた語尾につける硬音符が廃止されたため、硬音符の有無によって時代の変化も示されるようになった。

三〇 **シェルレル＝ミハイロフ全集** 一八六〇年代から八〇年代にかけて人気のあったロシアの作家アレクサンドル・コンスタンチノヴィチ・シェルレル＝ミハイロフ(一八三八―一九〇〇)。

三三 **あなた、心臓の具合でもお悪いのですか?** ブルガーコフの短篇『二〇年代のモスクワ』(一九二四)には、「しかし、一九二二年には、エレベーターを利用できるのは、心臓に障害のある者に限られていた」という記述がある。

三九　**住宅管理委員会**　ロシア革命後に設立された委員会。建物(ビル、アパート)の住民を管理し、住居面積の設定にはじまり、住民登録、身分証明書の発行権などを有し、住民を監視した組織。

四一　**クロムウェル**　オリバー・クロムウェル(一五九九―一六五八)はイギリスの軍人、政治家、清教徒革命の指導者。一六四九年、チャールズ一世を処刑して共和制を樹立、アイルランドに出征、スコットランド軍を破ってイギリス諸島を平定。五三年、護国卿となり独裁権を確立、オランダ海軍を破り、イギリスの海上制覇の端緒を開いた。

四四　**皇帝アレクセイ・ミハイロヴィチの三羽の鷹**　皇帝の鷹狩りの光景が想定されている。ブルガーコフの長編『白衛軍』には、「皇帝アレクセイ・ミハイロヴィチが鷹を手にした構図の入った豪華で暗赤色の擦り切れた絨緞」という文章がある。なお、「鷹(ソーコル)」には、「勇ましく美しい若者」という意味もある。

四五　**緑色のフェルト張りの机**　革命後のロシアの事務室、会議室には、事務机やテーブルに緑色のフェルトを張るのが流行していた。

五一　**モスクワの火事がざわめき、轟きわたっていた**　N・S・ソコロフのナポレオンを主題とする詩『彼』(初出は一八五〇年)にもとづいて作曲された広く知られている歌曲。原詩からの忠実な引用ではない。四行目の「彼」はナポレオンを指す。

二五五　**ヤン・ソベスキ**　ポーランドの将軍で王様のヤン・ソベスキ(一六二九—九六、七四年から王位につく)の名前と略称「ソベス」(社会保障)の音の類似にもとづく言葉遊び。

二五六　**ソツヴォスキイ**　略称「ソツヴォス」(社会主義教育)から派生した姓。

二五七　**ヘンリエッタ・ポターポヴナ・ペルシムファンス**　「ヘンリエッタ」というヨーロッパ風の名前と「ポターポヴナ」というロシア語の父称、「ペールヴイ・シムフォニーチェスカヤ・アンサンブル」の略称「ペルシムファンス」(第一交響楽団——一九二二年から三二年まで存続)とアイロニカルな語結合が見られる。

二五九　**ルイ十四世風の美しい繻子ばりの家具**　ルイ十四世時代のバロック調の豪華で、洗練されたフランス製の家具。

二六三　**握手は廃止されている!**　ロシア革命後、握手はブルジョア社会の遺物としてソヴェト・ロシアでは廃止された。

二六七　**ホーエンツォレルン**　ホーエンツォレルン家は十五世紀初頭にブランデンブルグ辺境伯となって以来、有名なドイツの王家。フリードリッヒ二世、ヴィルヘルム一世、ヴィルヘルム二世など、一七〇一—一九一八年のプロイセン王、一八七一年以降はドイツ皇帝を兼ねた。

二七九　**積立共済金庫**　帝政ロシア時代から存続していた国家公務員のための年金を含めた相互扶助機関。

二七九　**ディクタトゥールイチ**　「ディクタトゥーラ」(独裁)から派生した父称。「独裁者の息子アルトゥール」という意味になる。

八一　**クー、クラックス、クラーン!**　南北戦争後、アメリカ南部諸州に起こった秘密結社クー・クラックス・クランを暗示。白人至上主義によって黒人を迫害した。第一次大戦後、アメリカ生まれの白人たちによって、旧教徒、ユダヤ人、東洋人などを排斥した。

八六　**シンガー・ミシン**　アイザック・シンガー(一八一一―七五)はアメリカの発明家。一八五一年、家庭用ミシンを開発し、シンガー・ミシン会社を設立。全世界にミシンを普及させた。

『運命の卵』

九三　**ペルシコフ**　「ペルシク」(桃、その実)から派生した姓。

九四　**ジァコモ・バルトロメオ・ベッカリ**　十七世紀から十八世紀にかけてのイタリアに実在した物理学者・医学者。ブルガーコフはこの学者を二十世紀に移入し、モスクワの学者の「同僚」にしている。

九五　**スリナム種**　南アメリカ北部の旧オランダ領ギアナ産のひき蛙。スリナムは一九七五年に独立し、現在はスリナム共和国。

九六　**教育人民委員**　「人民委員」とは、一九一七年のロシア革命から一九四六年まで存続した現在の「大臣」にあたり、「人民委員部」(一九一七―四六、現在の「省」にあたる)の責任者。当時の教育人民委員は、文芸理論家、劇作家アナトーリイ・ワシーリエヴィチ・ルナチャルスキイ(一八七五

—一九三三)を指す。

九七 **クリャージマ川** ロシア西部を流れるオカ川の左岸支流。

一〇〇 **救世主キリスト大聖堂** 金箔の五つの丸屋根をもつ大聖堂は、一八一二年のナポレオン戦争を記念して、建築家コンスタンチン・アンドレーエヴィチ・トーン(一七九四—一八八一)の設計によって、一八三八年から八三年にかけて建設された。スターリン時代に破壊されたが、一九九〇年代に再建された。

一〇九 **《アリカザール》** モスクワにはレストラン《アリカザール》が何店かあるが、これはオストージェンカ通りにある店と考えられる。

一一七 **ウェルズ** イギリスの作家、文明批評家ハーバート・ジョージ・ウェルズ(一八六六—一九四六)は、『タイム・マシン』(一八九五)、『透明人間』(一八九七)、『宇宙戦争』(一八九八)などのSFの先駆者。『神々の糧』は一九〇四年の作。ロシアの批評家ヴィクトル・シクロフスキイ(一八九三—一九八四)は、『運命の卵』の発表直後に、ウェルズとブルガーコフを比較する論文を発表している(『新世界』誌、一九二五年六月号)。

一一九 **『イズヴェスチヤ』** ソ連最高会議幹部会発行の日刊機関紙(一九一七—九一)。九一年以降は一般紙となる。

一三〇 **アリフレッド・アルカージエヴィチ・ブロンスキイ** ブロンスキイのモデルとなったのは、のちに作家となるエヴゲーニイ・ペトロフ(一九〇三—四二)。本名カターエフで、イリヤ・イリフ

(一八九七—一九三七)と合作で、イリフ・ペトロフのペンネームのもと、『十二の椅子』(一九二八)、『黄金の仔牛』(一九三二)などのユーモアと諷刺にみちあふれた作品を残した。

三〇　**『赤い灯』**　ここに列挙されている雑誌・新聞名はいずれも実在した。『赤い灯』=週刊文芸誌(ペトログラード、一九一八)、『赤い胡椒』=諷刺・ユーモア雑誌(モスクワ、一九二二—二六)、『赤い雑誌』=隔週刊誌(モスクワ、一九二四—二五)。『赤い探照灯』=正確には『探照灯』、挿絵入りの文芸・諷刺雑誌(モスクワ、一九二三—二五)。

三〇　**ゲー・ペー・ウー**　GPU(国家政治保安部)。一九二二年に設立され、二三年以降、オー・ゲー・ペー・ウーOGPU(合同国家政治保安部)、エヌ・カー・ヴェー・デーNKBD(内務人民委員部)を経て、カー・ゲー・ベーKGB(国家保安委員会、一九五四—九一)に至る秘密警察。

三一　**『赤い鴉』**　『赤い新聞』付録として刊行された諷刺週刊誌(レニングラード、一九二二—二四)。

三三　**かつてトロイツクと呼ばれ、現在はステクロフスクと呼ばれている**　ロシア革命後、市町村、通りの名前が頻繁に変更されるようになった。ステクロフスクも、有名な革命家、批評家、歴史家で、一九一七年以降、『イズヴェスチヤ』紙、『新世界』『赤い畑』の両誌の編集委員として活動したユーリイ・ミハイロヴィチ・ステクロフ(一八七三—一九四一)の名前がつけられた。

三三　**旧大聖堂通り、いまはペルソナル通り**　雑誌初出のときは、「旧大聖堂通り、いまはカルル・ラデック通り」として発表された。カルル・ラデック(一八八五—一九三九)は著名な党活動家、評論家。

一三四　**コーチン種**　中国北方原産の鶏の一品種。ヨーロッパに輸入されたとき、コーチン・チャイナ（ベトナム南部の地方。メコン川下流の低湿地、コーチ・シナ）と誤って以来の称。

一三四　**《チーチキンのチーズとバター店》**　商人A・V・チーチキンはモスクワに乳製品のチェーン店を展開していた。

一三四　**ブラマ種**　鶏の一種。インドのプラマプトラ川流域地方原産の肉用種。体重は鶏のなかで最大。

一四五　**ルビャンカ**　モスクワでもっとも有名な政治犯を収容する刑務所。

一四九　**天使は鼻眼鏡を光らせ……不可能である、と説明した**　雑誌の初出によると、こうなっている。「天使は鼻眼鏡を光らせ、顔じゅうに微笑を浮かべて、説明したのは……いまのところは……ふむ……もちろん、それはよいことでしょうが……考えてもください、やはり、ジャーナリズムは……もっとも、そのような計画は、労働・防衛評議会でも、すでに熟しつつありますが……それでは、これで失礼します」

一五〇　**ロッソリモ教授**　グリゴーリイ・イワーノヴィチ・ロッソリモ（一八六〇―一九二八）。著名な神経病理学者、児童神経学の創始者、モスクワ大学教授。

一五一　**ワルキューレの悲鳴**　ドイツの作曲家リヒアルト・ワグナー（一八一三―八三）の楽劇四部作『ニーベルングの指輪』の第二部『ワルキューレ』（一八五四―五六）。ブルガーコフは幼年時代からワグナーを崇拝していた。

一五五　**ワレンチン・ペトローヴィチ**　明らかに、『孤帆が白む』（一九三六）、『聖なる井戸』（一九六六）を書いたロシアの作家ワレンチン・ペトローヴィチ・カターエフ（一八九七―一九八六）を暗示している。

一〇三　**アルドとアルグーエフ**　当時のヴァラエティ・ショーで活躍していた諷刺詩人の姓をいくぶん変更して、ブルガーコフは作品に登場させている。アルゴー――本名アブラム・マルコヴィチ・ゴーリデンベルグ（一八九七―一九六八）と、ニコライ・アリフレードヴィチ・アドゥーエフ（一八九五―一九五〇）。

一〇三　**いまは亡きフセヴォロド・メイエルホリド**　メイエルホリドはモスクワ芸術座の創設メンバーの俳優として出発したが、自然主義を批判してモスクワ芸術座を脱退、象徴主義との関連のなかで制約劇を提唱。やがて、アレクサンドリンスキイ帝室劇場に首席演出家として迎えられ、オペラやロシア古典劇の演出を行なったが、それと並行して、メイエルホリド・スタジオを創設し、果敢な実験を試みた。演劇論集『演劇について』（一九一三）に収められたグロテスク論、コンメーディア・デッラルテ研究にもとづく俳優論、民衆演劇論などは、二十世紀演劇の基本的な視座を示している。ロシア革命を積極的に受け入れ、「演劇の十月」を提唱し、「ビオメハニカ」という新しい俳優の身体原理を確立した。革命政権によって創設された国立メイエルホリド劇場で、一九二〇年代には大成功を収めたが、スターリン時代に「形式主義者」として批判され、粛清による悲劇的な死をとげた。『運命の卵』の執筆された一九二四年に、たとえ虚構ではあれ、一九二七年に死んだとされるメイエルホリドとブルガーコフのあいだには、演劇観の決定的な相違があったと考えられる。

一六三　**作家エレンドルグ**　ロシアの作家イリヤ・グリゴローヴィチ・エレンブルグ(一八九一―一九六七)の小説『トラストD・E』(一九二三)をもとにエレンブルグとB・ケレールマン脚色による、メイエルホリド演出、国立メイエルホリド劇場で一九二四年に上演された舞台が暗示されている。

一六四　**作家レニーフツェフ**　ブルガーコフは姓を変えているが、おそらく、諷刺詩人ニコライ・Y・アグニーフツェフ(一八八八―一九三二)。

一六四　**コルシュ劇場**　演劇プロデューサー、フョードル・A・コルシュ(一八五二―一九二三)によってモスクワに設立された私営劇場。『シラノ・ド・ベルジュラック』で知られるフランスの詩人・劇作家エドモン・ロスタン(一八六八―一九一八)の動物を主人公にして鶏小屋で展開される寓意劇『シャントクレール』(一九一〇)は、実際にはコルシュ劇場で上演されることはなかったが、一九一〇年、この戯曲のパロディーがモスクワのアクヴァリウム劇場で上演された。

一六八　**ヒューズ氏**　チャールズ・エヴァンス・ヒューズは、一九二一年から二四年にかけてのアメリカ国務長官。

一六八　**コレスキン**　共産党機関紙『プラウダ』の時評欄を担当したジャーナリスト。スペイン戦争のルポルタージュ『スペイン日記』(一九三八)などを残したが、スターリン時代に粛清されたミハイル・エフィモヴィチ・コリツォフ(一八九八―一九四〇)を暗示していることは疑いの余地がない。

一七三　**ロック**　ロシア語では、普通、好ましくない運命、宿命を意味する。

一七六　**ソフホーズ**　一九一八年からはじまった国営農場。一九二九年以降のスターリンによる農業集団化の過程で、コルホーズ(集団農場)となる。

一八七　**シェレメーチェフ家**　初代はボリス・ペトローヴィチ・シェメレーチェフ(一六五二―一七一九)。ピョートル一世の側近。ポルタワの戦いで戦功をあげ、元帥、伯爵となる。その後、ロシア各地に領土を有していた。

一九九　**『スペードの女王』**　ロシアの詩人・作家アレクサンドル・セルゲーヴィチ・プーシキン(一七九九―一八三七)作の小説『スペードの女王』(一八三四)をもとに、ロシアの作曲家ピョートル・イリイチ・チャイコフスキイ(一八四〇―九三)の作曲した同名のオペラ(一八九〇)。

二一〇　**クワス**　ライ麦と麦芽とで作る酸味のロシアの発酵性飲料。

二二五　**『エヴゲーニイ・オネーギン』**　プーシキンの韻文小説『エヴゲーニイ・オネーギン』(一八二三―三〇)をもとにチャイコフスキイの作曲した同名のオペラ(一八七七―七八)。

二二七　**イワン・スイチンの『ロシアの言葉』**　『ロシアの言葉』は一八九五年に創刊された日刊紙。九七年からイワン・ドミートリエヴィチ・スイチン(一八五一―一九三四)が編集長となる。一九一七年十二月、反革命宣伝の理由でソヴェト政権により発禁処分となる。一八年一月より、『新しい言葉』、『われわれの言葉』と改名して発行されたが、一八年六月、最終的に廃刊となった。『イズヴェスチヤ』編集部は、旧『ロシアの言葉』編集部のあったトヴェルスカヤ通り十八番地に置かれることになった。

二三〇　**モスクワ芸術座の『皇帝フョードル』**　ロシアの作家アレクセイ・コンスタンチノヴィチ・トル

ストイ(一八一七—七五)の歴史劇『皇帝フョードル・ヨアノヴィチ』(一八六六)のモスクワ芸術座での公演。

二三六 **アナコンダ**　ニシキヘビ科ボア亜科の蛇。大形で、全長約九メートルに達し、無毒。南アメリカ熱帯産。

二三六 **ボア**　ニシキヘビ科ボア亜科の蛇の総称。約六十種。またその一種。最大五・五メートルに達するが、普通は三メートルぐらい。中南米産。

二三九 **アレクサンドロフ駅**　現在のベラルーシ駅。

二四〇 **ニコラーエフ駅**　現在のサンクト・ペテルブルグ駅。

解　説

I　ブルガーコフの運命

『悪魔物語』と『運命の卵』の作者ミハイル・アファナーシエヴィチ・ブルガーコフは一八九一年に生まれ、一九四〇年に死んだ。ブルガーコフが自覚的に書くことをはじめたのは一九二〇年代になってからのことであるから、その生涯に与えられた書くための時間はあまりにも短かったとしかいいようがない。しかも、ブルガーコフの書いたほとんどの作品は、生前、多くの人々に知られることなく終っていた。死を前にして、本格的な作品集を一冊しか残せなかった作家の存在など、今日、はたして想像できるであろうか。その一冊が、作品集『悪魔物語』(表題作と『運命の卵』のほか、一九二〇年代初頭のモスクワを舞台とする『チチコフの遍歴』、『十三番地エリピット労働コミューン・ビル』、『ある中国人の物語』の短篇を収録)(ネードゥラ出版社、モスクワ、一九二五年刊)であった。

ロシアにおける革命後の文学・芸術の開花とその凋落は、いまや、すでに伝説につつまれている。そして、はっきりと理解しうるのは、そこには歴史があるということ、政治的な圧力のもとに数かぎりない文学・芸術の死と受難の歴史が横たわっているということであるが、ブルガーコフの場合はこうであった。

ブルガーコフは一八九一年五月二日(新暦十四日)、ウクライナの首都キエフ市で、神学大学教授の家庭に生まれた。ボリス・パステルナーク、ウラジーミル・マヤコフスキイ、マリーナ・ツヴェターエワ、セルゲイ・エセーニン、イサーク・バーベリ、ヴィクトル・シクロフスキイといったロシア革命のさなかに青春を燃焼させて生き、やがて時代の悲劇性を体験する詩人、作家たちとほぼ同世代である。一九一六年、キエフ大学医学部を優秀な成績で卒業し、スモレンスク県に医師として赴任したが、一八年、キエフに戻り、開業医となる。おりしも、ロシア革命後の内乱のつづくキエフのことで、ブルガーコフはウクライナ独立を目ざすペトリューラ軍や反革命の白軍の軍医として動員されたり、亡命を試みたあげく、ウラジ・カフカースで文筆活動を開始する。ブルガーコフ自身の文章によると、「一九一九年の秋も深まったある夜のこと、列車にがたごと揺られながら、石油壜《びん》に差しこんだ蠟燭《ろうそく》の明かりのもとで、わたしは最初の短篇を書きあげた」のである。一九二一年の九月、医師免状と医学博士の称号を捨て、無一文でモスクワに出る。生計を立てるため、鉄道従業員組合機関紙『汽笛』など、さまざまな新聞の編集に携わりながら、ベルリンで発行されていた作家アレクセイ・トルストイを編集長とするロシア語新聞『ナカヌーニエ(その前夜)』に短篇やルポルタージュを寄稿しはじめる。二三年からは最初の長篇『白衛軍』の執筆を開始した。ブルガーコフが三十二歳のときである。

『白衛軍』は革命の嵐の吹きすさぶキエフで、革命と反革命のあいだを揺れ動いたブルガーコフ自身の体験と結びついている。長篇の舞台となるトゥルビン家の長男である若い医師、その妹と弟が革命の渦に巻きこまれ、平和と家庭の幸福と文化の破壊者としてのボリシェヴィキに憎悪を抱き、白軍に荷担して没落してゆく過程を、実験的な文体、映画的な手法、あるいはドキュメンタリー風な構成をとりつつダイナミックに描き出したこの作品は、第一部と第二部の前半が『ロシア』誌に二五年四月号から連載された。

イサイ・レジネフを編集長とする『ロシア』誌は、ブルガーコフだけではなく、エヴゲーニイ・ザミャーチン、ボリス・ピリニャークなどの作品も掲載していたため、当時の共産党の文芸政策と対立し、廃刊となったために、『白衛軍』の全篇の発表は不可能になった。作品集『悪魔物語』(一九二五)も、革命後のロシア社会にたいする辛辣な諷刺がこめられていたため、同年に書かれた『犬の心臓』とともに、発禁処分となった。

長篇『白衛軍』をもとにした戯曲『トゥルビン家の日々』は二六年十月、モスクワ芸術座で初演され、「第二の『かもめ』」と呼ばれるほどの成功を収め、ブルガーコフも演劇というジャンルに興味を抱き、つぎつぎと戯曲を書いた。二六年にはヴァフタンゴフ劇場で『ゾーイカの住居』が、二八年にはカーメルヌイ劇場で『赤紫色の島』が上演されたが、いずれも間もなく上演中止となり、『逃亡』も、モスクワ芸術座の要望にもかかわらず、「白衛軍の追悼劇」であるとして、二八年十月、上演を禁止された。そして二九年三月、『トゥルビン家の日々』も、モスクワ芸術座のレパートリーからついにはずされてしまう。この間、医師の仕事をしていたときの一連の短篇『若き医師の手記』(一九二五—二七)が『医学活動家』誌に掲載されたが、これは、生前、ブルガーコフの活字にできた最後の作品であった。

それ以降、予定されていたモスクワ芸術座の『モリエール』、ヴァフタンゴフ劇場の『最後の日々——プーシキン』もレパートリー委員会は上演を許可しなかった。ブルガーコフは失意のうちに、ひとり、自宅に閉じこもり、発表できるあてもなく密室の作業に専念し、沈黙を守り、いつの日か必ず勝利するであろう「文学」の力を信じて、『モリエールの生涯』、『劇場――故人の手記』、『巨匠とマルガリータ』を書きつづけ、重病と失明のうちに一九四〇年三月十日、この世を去った。

この作家の再評価、「名誉回復」がはじまったのは、スターリン批判後のことであるが、一九六六年は記念すべき年であった。この年の暮れに、検閲による削除を含む不完全なテキストではあったが、長篇『巨匠とマルガリータ』が作者の死後二十六年を経てようやくソ連で活字になったのである。

イエスを主題とする小説を書いたために当局より批判され恐怖のあまり暖炉に原稿を投げ入れた巨匠＝作家と人妻マルガリータとの愛の物語を軸に、二千年前のエルサレムと一九二〇年以降のモスクワを対比させつつ、魔術師ヴォランドとその一味の悪魔たちによるモスクワの破壊を描き、善と悪、神と悪魔、存在と虚妄、創造の自由など、永遠の問題が追求されている。この長篇は、ソ連国内で驚異的な成功を収めたばかりではなく、世界各国でも翻訳された。「原稿は燃えないものだ」という言葉が作中に出てくるが、いわば『巨匠とマルガリータ』一作によって、ブルガーコフは燃えつきた灰のなかから蘇り、世界の二十世紀文学のもっとも重要な作家の一人となったのではないか。

しかし、ブルガーコフの完全な復活には、さらに時間が必要であった。一九八〇年代後半からはじまった「ペレストロイカ(改革)」と「グラースノスチ(公開性)」による歴史の見直しの過程で、これまで禁じられていたブルガーコフの作品ないし未発表の遺稿、この作家の伝記的事象に関する文章、回想、書簡までが刊行されるようになった。一九八九年から刊行されはじめた「ブルガーコフ選集」(全五巻、モスクワ刊)、さらにその後の文献学的・実証的な研究の成果を集約した、ヴィクトル・ローセフ編集「ブルガーコフ選集」(全八巻、ペテルブルグ刊)が二〇〇二年に出て、ほぼ完全なかたちでブルガーコフの全体像を知ることができるようになった。いま、ようやく、ブルガーコフの作品が読まれるべき時が訪れたのである。

II 『悪魔物語』『運命の卵』

一九二三年三月、長篇『白衛軍』第一部を完成したあと、ブルガーコフは『悪魔物語』、『運命の卵』、『犬の心臓』の三つの諷刺中篇小説を相次いで書きあげた。『犬の心臓』の執筆が二五年一月から三月にかけてであったことを考えると、ほぼ二年間で三作を完成したことになる。この三つの作品はそれぞれ独立した作品ではあるが、ときに、「三部作」と呼ばれることもあるように、共通する特徴をもっている。いずれも現実のモスクワを舞台にしながら、偶然を契機とする事件の発生による日常性の破壊を描くという主題をもち、現実と幻想の交錯する世界へと読者を引きずりこむ作者のみごとな構想力は、奔放な想像力とグロテスクな技法に支えられて、諷刺とにがい笑いで現実を批判しつくしている。

『悪魔物語』と『運命の卵』の世界は、本書を読んでいただければ理解されるものと思うが、『犬の心臓』についても、ここでひとこと書いておきたい。これは、脳下垂体の移植手術にかけてはヨーロッパにも名声を轟かせている医師プレオブラジェンスキイ教授が、ある日、モスクワの街角で拾った野良犬シャリクに人間の脳下垂体と精嚢を移植するという二重手術の実験を施し、その実験によって犬が人間に変身し、教授たちに反逆しようとしたとき、犬に戻されるというSF的な話である。『犬の心臓』におけるプレオブラジェンスキイ教授の運命は、『運命の卵』の主人公ペルシコフ教授のそれと重層し、科学的ないし合理的なものが偶然に生じた不合理なものによって復讐される。

いずれも革命直後のロシア社会を背景にすると、尖鋭な意味をもつとともに、今日の人間存在に対する暗い予言ともなっているのである。

三作品とも、一九二〇年代には発禁処分となり、一九八七年以後、旧ソ連でもようやく活字となったわけだが、文学の力は時間を超えて生きつづけるものであるという単純な真実を改めて痛感させられる。

『悪魔物語』は一九二三年八月には完成されていたようである。同年八月三十一日付のユーリイ・スリョーズキン宛の手紙で、「『悪魔物語』を完成したが、掲載してくれるところはどこにもなさそうです。レジネフには断られました」とブルガーコフは書いている。しかし、「今日、ふたたびアレクセイ・トルストイの別荘に行き、『悪魔物語』を朗読した。この作品を誉めてくれ、ペテルブルグの雑誌『ズヴェズダ』に彼の序文つきで掲載したいと言ってくれた」と九月九日付の日記に書いている。そして、十月に、『悪魔物語』はモスクワの文集『ネードゥラ』に掲載が決まり、二三年十二月刊行の第四号に発表された。すでに原稿を渡していた『白衛軍』は、二五年からの雑誌掲載となったため、ブルガーコフにとっては本格的な文学界デビューであった。

しかし、無名の新人作家の作品は、文学界ではほとんど無視され、「確かに、大きなユーモアとともに生き生きと書かれたグロテスクな中篇ではあるが、ブルガーコフの『悪魔物語』は、ソヴェト官僚主義にたいする諷刺というテーマにおいてはまったく陳腐なものである」(『ズヴェズダ』誌、二四年三月号)という批評があるくらいだったなかで、注目されるのは、『われら』(一九二一年に書かれ、八八年までソ連では発禁となっていた)の作者、三一年にパリに亡命したエヴゲーニイ・ザミャーチンの批評である。この作品だけではなく、無名作家の可能性をも評価したザミャーチンは、「ブルガーコフの『悪魔物語』は、『ネードゥラ(地下)』から発掘された唯一の現代的なものである。疑いもなく、この作家には、作品構成の目標を選択する正しい本能がある。生活に根をおろした幻想、映画のような急速な場面転換は、一九一九年、二〇年というわれわれの昨日を収納できる数少ない形式上の枠組みのひとつである」と書き、「ブルガーコフのこの作品の絶対的な価値などは考えられないし、それほど大きなものではないかもしれないが、この作家には、今後すばらしい作品が期待できるように私には思える」(『ロシアの現代人』誌、二四年二号)と結んでいた。

この作品は一九二五年七月に刊行された作品集『悪魔物語』に収録された。

『運命の卵』のほうは、一九二四年十月に完成された。最初は週刊誌『赤いパノラマ』(一九二五年一九号―二二号、二四号)に省略を含む不完全なかたちで、一九号から二一号までは『生命光線』という題名で、二二号、二四号には『運命の卵』の題名で発表された。全文が発表されたのは文集『ネードゥラ』(一九二五年六号)。これも作品集『悪魔物語』に収録された。

『悪魔物語』とは異なって、第二の中篇は文集『ネードゥラ』に発表後、間もなく単行本になったためか、はるかに多くの注目を集めた。

マクシム・ゴーリキイは、マルク・スローニムスキイに宛てた一九二五年五月八日付の手紙で、「私には、ブルガーコフがとても、とても気に入りましたが、最後の結末はよくありませんでした。爬虫類のモスクワへの進行はうまく処理されていませんが、考えてもみてください、これはなんと奇怪で、興味深い光景でしょう！」と書き、マリヤ・アンドレーエワへの手紙にも、「読んでみてください……ブルガーコフの『運命の卵』を。笑わせてくれますよ、機知に富んだ作品です」と書いていた。この作品の高い芸術的な達成を評価したのは、同時代の著名な作家ヴィケンチイ・ヴェレサーエフ、マクシミリアン・ヴォローシン、アンドレイ・ベールイなどであった。

ブルガーコフの処女作品集は好評で、初版部数は五千部であったが、翌年春には再版され、注目されるとともに、「ラップ」＝ロシア・プロレタリア作家協会からの批判が開始された。二五年に『白衛軍』が『ロシア』誌に連載されはじめたことや、『トゥルビン家の日々』のモスクワ芸術座での上演の成功も影響し、ブルガーコフにたいして、「ソヴェトの現実にたいする露骨な敵意を表明したもの」という、非文学的な批判が浴びせられた。二六年には『犬の心臓』の検閲不許可に端を発し、ＯＧＰＵ＝合同国家政治保安部の家宅捜索および事情聴取を受けた。

これまであまり知られていなかったアレクサンドル・ソルジェニーツィンの『運命の卵』についての意見を紹介しておこう。ブルガーコフの未亡人エレーナ・セルゲーエヴナに宛てた一九六六年三月十六日付のソルジェニーツィンの手紙の一節である。「雑誌をお送りいただき、たいへん有り難うございます。最初、ゴーゴリの影響が過剰なように思われたのですが、最終章で、ブルガーコフはすべてに復讐したのです。驚嘆すべき章で、あそこには、あの頃の時代と歴史の精神のすべてがあります。なんという明快さでしょう！」と書きはじめ、作品を具体的に分析し、このように要約している。「ここではっきりと見てとられるブルガーコフの散文に共通する特徴は、つぎのとおりです。(一)文体の明快さ、自由。(二)ダイナミズム。(三)いたるところに自由に与えられているユーモアの度合い。(四)抑制しがたい幻想、ひしめき合うイメージの豊かさ。」ソルジェニーツィンの指摘は、ブルガーコフの魅力を簡潔に伝えている。

忘却の闇のなかからブルガーコフ復活の契機となったのは、一九五四年十二月に開かれたソヴェト作家同盟第二回大会での作家ヴェニヤミン・カヴェーリンの発言であった。この大会の席上で、ブルガーコフの名前を挙げて、その復権を要求したカヴェーリンは、のちに、こうも書いている。「「われわれはみなゴーゴリの『外套』から出発した」という有名で簡潔なドストエフスキイの表現を知らない人はいない。いま、二十世紀のなかば、「ゴーゴリの『鼻』から出発した」もつけ加えるべきであろう。……われわれの同世代の人々からこの伝統につらなるのは、疑いもなく、『悪魔物語』にはじまり、『巨匠とマルガリータ』で終ったブルガーコフである」(「ブルガーコフのドラマトゥルギーに関する覚書き」、ブルガーコフ戯曲集『喜劇と悲劇』所収、モスクワ、一九六五年刊)

なお本書の翻訳に使用したテキストは、早稲田大学図書館所蔵のミハイル・ブルガーコフ作品集『悪魔物語』（ネードゥラ出版社、モスクワ、一九二五年刊）＝М. Булгаков, «Дьяволиада» (Издательство "Недра", Москва, 1925) である。ブルガーコフの「五巻選集」の第二巻（一九八九年刊）、「八巻選集」の第三巻（二〇〇二年刊）に収録された『悪魔物語』と『運命の卵』は、作品集第二版（一九二六年刊）を底本としているが、初版と第二版の異同はなかった。思い起こせば、一九六〇年代に、『悪魔物語』の初版本を大学図書館で手にしたときの感動が遠い記憶に残っている。

この翻訳は、「現代世界文学シリーズ」に収められたミハイル・ブルガーコフ『悪魔物語』（集英社、一九七一年五月刊）をもとにしているが、私なりの判断で、『チチコフの遍歴』その他の短篇は削除し、『悪魔物語』と『運命の卵』の中篇二作のみを収録した。

三十年以上も前の拙訳を、このたび全面的に改める機会を与えてくださった岩波文庫編集部、とりわけ、本書を編集担当された小口未散さんをはじめ、校正その他、出版に際してご協力いただいたかたがたの細やかなご配慮に深く感謝するしだいである。

二〇〇三年九月

水野忠夫

悪魔物語《あくまものがたり》・運命《うんめい》の卵《たまご》　ブルガーコフ作

2003年10月16日　第1刷発行
2013年11月6日　第4刷発行

訳　者　水野忠夫《みずのただお》

発行者　岡本　厚

発行所　株式会社　岩波書店
〒101-8002　東京都千代田区一ツ橋2-5-5

案内　03-5210-4000　販売部　03-5210-4111
文庫編集部　03-5210-4051
http://www.iwanami.co.jp/

印刷・三秀舎　カバー・精興社　製本・松岳社

ISBN4-00-326481-9　　Printed in Japan

読書子に寄す

――岩波文庫発刊に際して――

岩波茂雄

真理は万人によって求められることを自ら欲し、芸術は万人によって愛されることを自ら望む。かつては民を愚昧ならしめるために学芸が最も狭き堂宇に閉鎖されたことがあった。今や知識と美とを特権階級の独占より奪い返すことはつねに進取的なる民衆の切実なる要求である。岩波文庫はこの要求に応じそれに励まされて生まれた。それは生命ある不朽の書を少数者の書斎と研究室とより解放して街頭にくまなく立たしめ民衆に伍せしめるであろう。近時大量生産予約出版の流行を見る。その広告宣伝の狂態はしばらくおくも、後代にのこすと誇称する全集がその編集に万全の用意をなしたるか。千古の典籍の翻訳企図に敬虔の態度を欠かざりしか。さらに分売を許さず読者を繋縛して数十冊を強うるがごとき、はたしてその揚言する学芸解放のゆえんなりや。吾人は天下の名士の声に和してこれを推挙するに躊躇するものである。このときにあたって、岩波書店は自己の責務のいよいよ重大なるを思い、従来の方針の徹底を期するため、すでに十数年以前より志して来た計画を慎重審議この際断然実行することにした。吾人は範をかのレクラム文庫にとり、古今東西にわたって文芸・哲学・社会科学・自然科学等種類のいかんを問わず、いやしくも万人の必読すべき真に古典的価値ある書をきわめて簡易なる形式において逐次刊行し、あらゆる人間に須要なる生活向上の資料、生活批判の原理を提供せんと欲する。この文庫は予約出版の方法を排したるがゆえに、読者は自己の欲する時に自己の欲する書物を各個に自由に選択することができる。携帯に便にして価格の低きを最主とするがゆえに、外観を顧みざるも内容に至っては厳選最も力を尽くし、従来の岩波出版物の特色をますます発揮せしめようとする。この計画たるや世間の一時の投機的なるものと異なり、永遠の事業として吾人は微力を傾倒し、あらゆる犠牲を忍んで今後永久に継続発展せしめ、もって文庫の使命を遺憾なく果たさしめることを期する。芸術を愛し知識を求むる士の自ら進んでこの挙に参加し、希望と忠言とを寄せられることは吾人の熱望するところである。その性質上経済的には最も困難多きこの事業にあえて当たらんとする吾人の志を諒として、その達成のため世の読書子とのうるわしき共同を期待する。

昭和二年七月

《東洋文学》

訳註 楚辞 　橋本循訳註
杜詩 全八冊 　鈴木虎雄・黒川洋一訳註
杜甫詩選 　黒川洋一編
李白詩選 　松浦友久編訳
蘇東坡詩選 　小川環樹・山本和義選訳
陶淵明全集 全二冊 　松枝茂夫・和田武司訳注
唐詩選 全三冊 　前野直彬注解
玉台新詠集 全三冊 　鈴木虎雄訳解
唐詩概説 　小川環樹
元明詩概説 　吉川幸次郎
完訳 三国志 全八冊 　小川環樹・金田純一郎訳
金瓶梅 全十冊 　小野忍・千田九一訳
完訳 水滸伝 全十冊 　吉川幸次郎・清水茂訳
紅楼夢 全十二冊 　曹雪芹・高蘭墅補・松枝茂夫訳
西遊記 全十冊 　中野美代子訳
杜牧詩選 　松浦友久・植木久行編訳

菜根譚 　洪自誠・今井宇三郎訳注
浮生六記 —浮生夢のごとし 　沈復・松枝茂夫訳
阿Q正伝・狂人日記 他十二篇 　魯迅・竹内好訳
故事新編 　魯迅・竹内好訳
歴史小品 　郭沫若・平岡武夫訳
駱駝祥子 —らくだのシアンツ 　老舎・立間祥介訳
中国名詩選 全三冊 　松枝茂夫編
通俗古今奇観 —付 月下清談 　淡済主人訳・青木正児校註
中国民話集 　飯倉照平編訳
聊斎志異 全二冊 　蒲松齢・立間祥介編訳
陸游詩選 　一海知義編
李商隠詩選 　川合康三選訳
柳宗元詩選 　下定雅弘編訳
白楽天詩選 全二冊 　川合康三訳注
リグ・ヴェーダ讃歌 　辻直四郎訳
シャクンタラー姫 　カーリダーサ・辻直四郎訳
バガヴァッド・ギーター 　上村勝彦訳

朝鮮童謡選 　金素雲訳編
朝鮮詩集 　金素雲訳編
朝鮮短篇小説選 全二冊 　大村益夫・長璋吉・三枝壽勝編訳
尹東柱詩集 空と風と星と詩 　金時鐘編訳
アイヌ神謡集 　知里幸惠編訳
サキャ格言集 　今枝由郎訳

《ギリシア・ラテン文学》

増補 ギリシア抒情詩選 　呉茂一訳
ホメロス イリアス 全二冊 　松平千秋訳
ホメロス オデュッセイア 全二冊 　松平千秋訳
四つのギリシャ神話 —『ホメーロス讃歌』より 　逸身喜一郎・片山英男訳
イソップ寓話集 　中務哲郎訳
アイスキュロス アガメムノーン 　久保正彰訳
アイスキュロス 縛られたプロメーテウス 　呉茂一訳
アンティゴネー 　ソポクレース・呉茂一訳
ソポクレス オイディプス王 　藤沢令夫訳
ヘシオドス 神統記 　廣川洋一訳

アポロドーロス ギリシア神話　高津春繁訳
遊女の対話 他三篇　ルーキアーノス 高津春繁訳
ダフニスとクロエー　ロンゴス 松平千秋訳
ギリシア・ローマ抒情詩選 ―花冠　呉茂一訳
アベラールとエロイーズ 愛の往復書簡　沓掛良彦 横山安由美訳
オウィディウス 変身物語 全二冊　中村善也訳
恋愛指南 ―アルス・アマトリア　オウィディウス 沓掛良彦訳
ギリシア・ローマ神話 ―付 インド・北欧神話　ブルフィンチ 野上弥生子訳
サテュリコン ―古代ローマの諷刺小説　ペトロニウス 国原吉之助訳
ギリシア・ローマ名言集　柳沼重剛編
ローマ諷刺詩集　ペルシウス ユウェナーリス 国原吉之助訳
内乱 ―パルサリア 全二冊　ルーカーヌス 大西英文訳

《南北ヨーロッパ他文学》

ダンテ 神曲 全三冊　山川丙三郎訳
抜目のない未亡人　ゴルドーニ 平川祐弘訳
カヴァレリーア・ルスティカーナ 他十一篇　ヴェルガ 河島英昭訳
ルネッサンス巷談集　フランコ・サケッティ 杉浦明平訳

イタリア民話集 全二冊　河島英昭編訳
むずかしい愛　カルヴィーノ 和田忠彦訳
カルヴィーノ アメリカ講義 ―新たな千年紀のための六つのメモ　米川良夫 和田忠彦訳
愛神の戯れ ―牧歌劇『アミンタ』　トルクァート・タッソ 鷲平京子訳
タッソ エルサレム解放　A・ジュリアーニ編 鷲平京子訳
ペトラルカ ルネサンス書簡集　近藤恒一編訳
ペトラルカ＝ボッカッチョ往復書簡　近藤恒一編訳
ペトラルカ 無知について　近藤恒一訳
無関心な人びと 全二冊　モラーヴィア 河島英昭訳
故郷　パヴェーゼ 河島英昭訳
美しい夏　パヴェーゼ 河島英昭訳
流刑　パヴェーゼ 河島英昭訳
祭の夜　パヴェーゼ 河島英昭訳
シチリアでの会話　ヴィットリーニ 鷲平京子訳
山猫　トマージ・ディ・ランペドゥーサ 小林惺訳
休戦　プリーモ・レーヴィ 竹山博英訳
ウンベルト・エーコ 小説の森散策　和田忠彦訳

ラサリーリョ・デ・トルメスの生涯　会田由訳
ドン・キホーテ 全六冊　セルバンテス 牛島信明訳
セルバンテス短篇集　牛島信明編訳
三角帽子 他二篇　アラルコン 会田由訳
葦と泥 ―付 バレンシア物語　ブラスコ・イバニェス 高橋正武訳
人の世は夢・サラメアの村長　カルデロン 高橋正武訳
恐ろしき媒　ホセ・エチェガライ 永田寛定訳
作り上げた利害　ベナベンテ 永田寛定訳
エスピノーサ スペイン民話集　三原幸久編訳
エル・シードの歌　長南実訳
プラテーロとわたし　J・R・ヒメーネス 長南実訳
オルメードの騎士　ロペ・デ・ベガ 長南実訳
父の死に寄せる詩　ホルヘ・マンリーケ 佐竹謙一訳
サラマンカの学生 他六篇　エスプロンセーダ 佐竹謙一訳
完訳アンデルセン童話集 全七冊　大畑末吉訳
絵のない絵本　アンデルセン 大畑末吉訳
イプセン 人形の家　原千代海訳

クォ・ワディス 全三冊　シェンキェーヴィチ　木村彰一訳
兵士シュヴェイクの冒険 全四冊　ハシェク　栗栖継訳
山椒魚戦争　カレル・チャペック　栗栖継訳
ロボット（R・U・R）　チャペック　千野栄一訳
絞首台からのレポート　ユリウス・フチーク　栗栖継訳
オルトウタイ ハンガリー民話集　徳永康元・石本礼子・岩崎悦子・粂栄美子編訳
尼僧ヨアンナ　イヴァシュキェヴィッチ　関口時正訳
牛乳屋テヴィエ　ショレム・アレイヘム　西成彦訳
完訳 千一夜物語 全十三冊　豊島与志雄・渡辺一夫・佐藤正彰・岡部正孝訳
ルバイヤート　オマル・ハイヤーム　小川亮作訳
中世騎士物語　ブルフィンチ　野上弥生子訳
アブー・ヌワース アラブ飲酒詩選　塙治夫編訳
王書 ―古代ペルシャの神話・伝説　フェルドウスィー　岡田恵美子訳
コルタサル短篇集 悪魔の涎・追い求める男 他八篇　木村榮一訳
遊戯の終わり　コルタサル　木村榮一訳
秘密の武器　コルタサル　木村榮一訳
伝奇集　J・L・ボルヘス　鼓直訳

創造者　J・L・ボルヘス　鼓直訳
続審問　J・L・ボルヘス　中村健二訳
七つの夜　J・L・ボルヘス　野谷文昭訳
詩という仕事について　J・L・ボルヘス　鼓直訳
汚辱の世界史　J・L・ボルヘス　中村健二訳
ブロディーの報告書　J・L・ボルヘス　鼓直訳
フエンテス短篇集 アウラ・純な魂 他四篇　木村榮一訳
グアテマラ伝説集　M・A・アストゥリアス　牛島信明訳
緑の家 全二冊　バルガス＝リョサ　木村榮一訳
密林の語り部　バルガス＝リョサ　西村英一郎訳
弓と竪琴　オクタビオ・パス　牛島信明訳
アフリカ農場物語 全二冊　オリーヴ・シュライナー　大井真理子・都築忠七訳
やし酒飲み　エイモス・チュツオーラ　土屋哲訳

《ロシア文学》

イーゴリ遠征物語　木村彰一訳
バナーエフ 文学的回想 全二冊　井上満訳
オネーギン　プーシキン　池田健太郎訳

スペードの女王・ベールキン物語　プーシキン　神西清訳
大尉の娘　プーシキン　神西清訳
プーシキン詩集　金子幸彦訳
ボリス・ゴドゥノフ　プーシキン　佐々木彰訳
ジプシー・青銅の騎手 他二篇　プーシキン　蔵原惟人訳
狂人日記 他二篇　ゴーゴリ　横田瑞穂訳
外套・鼻　ゴーゴリ　平井肇訳
日本渡航記（フレガート「パルラダ」号より）　ゴンチャロフ　井上満訳
平凡物語 全二冊　ゴンチャロフ　井上満訳
断崖 全五冊　ゴンチャロフ　井上満訳
ムツイリ・悪魔　レールモントフ　一条正美訳
オブローモフ主義とは何か？ 他一篇　ドブロリューボフ　金子幸彦訳
二重人格　ドストエフスキー　小沼文彦訳
罪と罰 全三冊　ドストエフスキー　江川卓訳
白痴 全二冊　ドストエーフスキイ　米川正夫訳
カラマーゾフの兄弟 全四冊　ドストエーフスキイ　米川正夫訳
家族の記録　アクサーコフ　黒田辰男訳

釣魚雑筆　アクサーコフ　貝沼一郎訳
アンナ・カレーニナ　全三冊　トルストイ　中村融訳
戦争と平和　全六冊　トルストイ　藤沼貴訳
懺悔　トルストイ　原久一郎訳
民話集 人はなんで生きるか　他四篇　トルストイ　中村白葉訳
民話集 イワンのばか　他八篇　トルストイ　中村白葉訳
イワン・イリッチの死　トルストイ　米川正夫訳
人生論　トルストイ　中村融訳
紅い花　他四篇　ガルシン　神西清訳
かもめ　チェーホフ　浦雅春訳
可愛い女・犬を連れた奥さん　他一篇　チェーホフ　神西清訳
桜の園　チェーホフ　小野理子訳
六号病棟・退屈な話　他五篇　チェーホフ　松下裕訳
サハリン島　全二冊　チェーホフ　中村融訳
カシタンカ・ねむい　他七篇　チェーホフ　神西清訳
子どもたち・曠野　他十篇　チェーホフ　松下裕訳
ともしび・谷間　他七篇　チェーホフ　松下裕訳

悪い仲間・マカールの夢　他一篇　コロレンコ　中村融訳
ゴーリキー短篇集　上田進・横田瑞穂訳編
どん底　ゴーリキイ　中村白葉訳
芸術におけるわが生涯　全三冊　スタニスラフスキー　蔵原惟人・江川卓訳
魅せられた旅人　レスコーフ　木村彰一訳
ベリンスキー ロシヤ文学評論集　全二冊　除村吉太郎訳
われら　ザミャーチン　川端香男里訳
プラトーノフ作品集　原卓也訳

岩波文庫の最新刊

西條八十訳
訳詩集 白孔雀

歌謡曲の作詞家、童謡詩人として知られる西條八十(一八九二－一九七〇)。若き日の西條が詩人としての強い自負を抱いて世に問うた知る人ぞ知る訳詩集。大正九年刊。
〔緑一九四－一〕 **定価七三五円**

マラマッド／阿部公彦訳
魔法の樽 他十二篇

「次のカードはどんな人ですか?」ニューヨーク下町のユダヤ人社会。失意と孤独の日々の中、現実と神秘が交錯する表題作ほか、現代のおとぎ話十三篇。
〔赤三四〇－一〕 **定価九八七円**

モーゲンソー
原 彬久監訳
国際政治(中)
—権力と平和—

国家間権力闘争の現実を直視しつつ、その抑制要因としてのバランス・オブ・パワーや、国際道義・国際世論・国際法等を分析する、国際政治学の古典。(全三冊)
〔白二八－二〕 **定価一二六〇円**

シャーロット・ブロンテ／河島弘美訳
ジェイン・エア(下)

身分の差を乗り越え結びあうふたつの魂、その前に現れた苛酷な事実。ジェインは再び一人で歩き出すが——時代を超えた鮮烈な愛の物語。新訳。(全二冊完結)
〔赤二三二－二〕 **定価一一三四円**

……今月の重版再開……

山本義彦編
清沢洌評論集
定価九〇三円
〔青一七八－二〕

島崎藤村
新生 前編後編
定価六三〇・七三五円
〔緑二三－八・九〕

デュルケム／宮島喬訳
社会学的方法の規準
定価八八二円
〔白二一四－三〕

杉本秀太郎編
伊東静雄詩集
定価六九三円
〔緑一二五－一〕

定価は消費税5%込です　2013. 10.